ライトニングの女騎士

新・護樹騎士団物語II

夏見正隆
Natsumi Masataka

文芸社文庫

目　次

プロローグ

人間は、ある運命に出会う前に、自分でそれを造っている。

誰かの言葉だ。


ボトボトと空気を震わせ、いくつかのヘリ——旧ソ連製ミル24攻撃ヘリコプターだ——の爆音が近づいて来る。


（——）

わたしは、前後に並ぶ二つの操縦席の脇——球状空間の底から突き出して、座席を宙に支えるフレームの縁に足をかけ、頭上を仰いだ。

でも。

ここに窓は無い。何も見えない。直径三メートルほどの球体の、天井があるだけだ。

この球が——『操縦席』だとするなら。

いったいどうやって、外を見るんだ……？

座席には搭乗者がいた。

わたしは、前後の座席に収まったままの姉弟を見やった。

東欧か、中央アジア系か——黒髪に彫りの深い面差しが二人とも似ている。

それで、前の席に倒れ伏した青い服の少年を弟、後席にのけぞっていた二十歳くらいの白い服の娘を姉と、勝手に思い込んだのだ。

たぶん、そうなのだと思う。

訊いて確かめることは出来ない。二人とも、絶命している。

前席の少年は、左右の肘掛けから突き出す二本のレバーを握ったまま、コンソールパネルに前のめりに倒れ伏している。その西洋の騎士のような青い服の左胸に、円形の染みが広がっている。

そして後席の娘——

二十歳になるかならないかだろう、まだ少女のような雰囲気がある。白い顔。その右のこめかみから茶色の筋が一本、頬にかかっている。両手を胸の上に組んでいるのは、たった今わたしがそうしてやったのだ。数分前に発見した時、彼女は座席にのけぞり、だらりと降ろした右手に黒い小型の拳銃を握り締めていた。

——『アヌーク姫』

ふいに、蘇る声。

「う」

思わず頭を振った。

ざらっとした舌に首筋を嘗め上げられるような、おぞましい感じ。

低い声。


――『アヌーク姫は私の目の前で自害した。死ねば食われない、と』

くちゃくちゃ、と生肉を咀嚼する音まで一緒に蘇り、身体がぶるっ、と震えた。

あれは何だったんだ……。

あの化け物――ズーイ・デシャンタル男爵と名乗った人間でないもの――は、わたしに向かって口にした。アヌーク姫は、自分の目の前で『自害』した……。

「あなたは」

白い顔を見た。

いったい誰なの。

そして。

(どうしてわたしに、そんなに似ているの)

ボトボト、と重たい爆音が頭上に被さった。

重量級の攻撃ヘリが、宙に浮いて進む時に空気を掻き分ける響き。

「――」

何機もいる。たくさん来てる……。

わたしは座席の横のステップに足をかけたまま（下は球の底で、踏み外せば転げおちる）、身体を移動させ、楕円形ハッチの開口部から外を覗いた。

白い夜空。


なぜ、夜空が白いのか。

外は濃密な靄《もや》に覆われている。ここは山岳の只中にある盆地の「底」だ。

標高は高い。密林の吐き出す水蒸気が高原の冷気に冷やされ、真っ白い霧《きり》になる。

頭上を見渡すと、飛び回るヘリの機体は見えず、下向きに伸びるサーチライトが何本も白い柱のように地上をまさぐっている。

視界は数百メートルか……。

一瞬、周囲がまっ白く染まったが、光の柱はそのまま移動して、倒木の転がる上を視界の前方へ移動していく。

（ミル8が見つかるの、時間の問題だな……）

わたしは。

今、見たこともない巨大な機械の内懐にいる。

自分がなぜ、こんな場所にいるのか――

思い出すと眩暈がする。『衛星が偶然に発見した、中国雲南省の奥地に擱座《かくざ》している奇妙なヒト型の物体を調べよ』という極秘任務を課せられ、南シナ海の護衛艦〈ひゅうが〉をF35で発艦したのが今から――

時計を見ようとして、右の手首にまだ手錠が嵌まったままであるのに気づいた。

「何てこと」

三十分ほど前。囚われの身となったわたしは、北京へ護送される途中、ミル8輸送ヘリの機上で人民解放軍の将校の男と格闘した。

捕獲され、吊されて搬送されるF35の機体は間一髪、遠隔操作で自爆装置を起動させ爆破するのに成功した。

だがミル8は爆発のあおりを食らい、墜落しかけた。死の危険から逃れるため、わたしは切れ目なく身体を動かし続けねばならなかった。片方の手首に手錠がまだ残っているることも忘れるほどに――

幸い、鍵は外した左手側の輪っかに、差し込んだままだ。

舌打ちして、右手首の輪を外し取った。

ミル8が、わたしの操縦で墜落だけは免れ、樹林に突っ込んで止まった地点は。奇しくも偵察対象の『ヒト型』が樹林をなぎ倒して擱座している場所の近くだった。ヘリのコクピットを脱出し、そのまま徒歩でベトナム国境を目指すことも出来たのだが――

「……この機体」

(――ヒト型……)

手錠を外へ放り捨て、半分開いた楕円形ハッチの開口部から視線を下げると、この巨大な機体の腹部と脚部が目に入る(ここは巨体のみぞおちの部分に相当する)。

人の形の機体。

衛星から撮られた赤外線画像で、見たとおりの形。

青と銀色の『ヒト型』は、半ば仰向けに倒れるように、森林に後ろ向きに突っ込んで止まっていたのだった。盛り上がった胸部の下――つまりここに、楕円形のハッチが開きかけ、内部から赤い灯が漏れていた。

〈ひゅうが〉CICで見せられた、衛星から撮影された動画が本当なら。この機体は宙を飛び、腕のマニピュレータ(そう呼ぶしかない)に〈剣〉のような物を握って、戦うのだ。

中国の開発した新兵器かもしれない。最初に姿を見せたのは、東トルキスタン――『新疆ウイグル自治区』と中国が無理やり名づけた地域だ。巨大な黒いヒト型が、棍棒を振るい、暴動を鎮圧する姿が市民により撮影され流出した（ユーチューブにアップされ、すぐ何者かにより消された）。

中国の最高指導者が、数兆円は持つと言われる個人資金を投じて密かに暴動鎮圧用兵器を造らせたのではないか――？　造ったのは、過去の不況期に日本のメーカー各社から放逐された高経験の技術者たちではないのか（中国に高度なロボット技術などあるわけがない）。

わたしに〈極秘偵察任務〉を命じた男（国家安全保障局情報班長で「総理から指揮権を預かっている」などとぬかした）は、推測を口にした。

人々に威圧と恐怖を与える、巨大なヒト型の兵器。手にした棍棒で群衆を根こそぎ叩き潰す。兵器として利用価値がどうなのか、評価は分からない。だがもしもこれが、近いうちに尖閣諸島へやって来たら……？

中国が「これは兵器ではない、土木機械だ」「自国領土を地ならししているだけだ」と主張したら、米軍はそのとき介入をしてくれるのか？

ＮＳＣ――国家安全保障局では、中国のヒト型兵器の存在について、おそらくその真偽も含めて調べていた。そこへ、軌道変更中の資源探査衛星が偶然『動いているヒト型』を撮影したのだ。場所は雲南省の奥地。しかもヒト型は二機いて、空を飛び、なぜか互いに〈剣〉のような物を手にして闘っている――

本来、航空自衛隊飛行開発実験団のテスト・パイロットであるわたしが、だまされて〈極秘任務〉へ呼ばれたのは、その衛星画像が撮影されてすぐのことだ。南西諸島一帯の哨戒任務についていた〈ひゅうが〉はNSCに徴用され、台湾の西側にまで進出し、わたしのF35を発艦させた（それでも戦闘行動半径ぎりぎり一杯だった）。

それからのことは……。

「……これが」

中国の開発した兵器――？

わたしは、球体の内部を見回す。

そうなのか？

「そんなわけ」

思わず、つぶやく。

守護騎。

そうだ――守護騎《しゅごき》、とあの〈猫〉は呼んだ。おそらく立ち上がれば全高二〇メートルを超す。甲冑のような頭部、腕と脚、そして背中のどこかに〈翅《はね》〉を広げる機構があるらしい――

と

――『君の虹彩《こうさい》を』

別の声がした。

賢者が教え諭《さと》すような、冷静な声。

――『君の虹彩を読み取った』

「――」


わたしは頭を振り、その〈声〉も振り払う。

「とにかく、これは中国製の機械なんかじゃ……」

前後の操縦席を見る。

この二人は、どこから来た？

ミルソーティア。

その名が頭に浮かぶ。国の名か、地方の名か。

わからない。

「どこかに、マニュアルか何か」

この機体の資料はないか。

盆地を脱出し、ベトナム経由で日本へ帰るにしても、何か資料——情報が要る。この種の兵器は、すでに何体もあるらしい。尖閣へ襲ってきた時の対策を立てるため、情報を持ち帰らなければ。

（そうだ、写真——）

携帯はどこだ……？

気づいて、身体のあちこちを探る。

Ｆ35の機体から脱出する時まで、航空自衛隊の飛行服を着ていた。しかし、そんなものはとうに脱ぎ捨て、わたしの身体を今ぴったりと包んでいるのはチャイナドレス風の制服だ。アジア系の航空会社マグニフィセント・エアラインの客室乗務員《CA》の制服。成り行きを話せば長いので省力する。今はそんなものを身につけている。下は飛行服のインナーにしていたボディースーツと防寒兼用の黒いタイツ。

足元は革製の編上げ半長靴だ。これは——

――『あのアグゾロトルの虹彩認証を上書きし、君が操縦出来るようにする』

また〈猫〉の声。

「あぁ、現実と思いたくない」

頭を振る。

い、い、い、
しゃべる猫……。

何なんだ、あれは。

わたしを『化け物の館』から救い出してはくれた。

しかし、そんなものがこの世に――

身体じゅうを探り、携帯をなくしていると分かって舌打ちする。

「写真、撮れないなら。どこかにマニュアルのようなものは」

見回す。

さっきまでの一連の出来事を、できれば現実と思いたくない。だがズーイ・デシャンタルと名乗る半獣人を剣で突き刺したゴリッ、という感触が、まだ手には残っている。

あの化け物も、こういうのを操縦するのか……？

山頂の人民解放軍キャンプに、もう一機いた。駐機場に片膝をつき静止している巨大な機体を指し「アグゾロトルだ。美しいだろう」と『男爵』は自慢した。

　アグゾロトル——あの猫もそう呼んでいた。一見ゴキブリに似た頭部を持つ『守護騎』だ（この機体の外観とは、ずいぶん印象は異なる）。

　この機体にも名前が……？

　これと、山頂のキャンプにいた〈アグゾロトル〉が、赤外線画像の中で剣を振るい戦っていた二機なのか——？

　見回していると
　ボトボトボトッ
（……⁉）

　数百メートル、離れた辺りか……。ヘリが宙に停止し、ホヴァリングに入る気配。

「急がないと」

　ミル8が、自動救難信号発信機《ELT》を装備していたなら。おそらく装備していただろうが、樹林に突っ込んだ衝撃で自動的に信号は発信されたはず。

　頭上の攻撃ヘリの群れは、救難信号の発信源をサーチライトで探っていた。たぶん機体は発見された——これから兵員がロープで降下するだろう。そしてミル8の機内にわたしの姿がなければ、人民解放軍の連中は周囲を捜索して捕まえようとする（彼らにとって、わたしは手柄となる〈獲物〉だ）。

急がなければ。

（また捕まるなんて、ごめんだわ）

だが。

球体の中を見回しても、どこにも書類ラックのようなものはない。

「くそっ……」

操縦――

どうやってする？

計器パネルは、どうなっているんだ。

せめて操縦の仕組みを調べてから逃げたい――テスト・パイロットの本能か、わたしはそう思った。

前席の少年は、コンソールにうつ伏せる形でこと切れている。計器パネルは彼の胸の下だ。両腕は左右のレバーを握りしめたままだ。

よく見えない。レバーは、少年が握っている二本のほかにも、いくつかある。

足元にも、左右にペダルがある。航空機のラダー・ペダルのようにも見える。

どうやって、これを動かすんだ――？

飛べるとするなら、どうやって飛ぶ？　背中にＪＡＴＯ（補助ロケット推進器）のような物を背負っているのか？

「……」

青い、西洋の騎士のような服装の少年の肩に手をかけようとして、唇を噛む。

必死さが、伝わって来た。

この少年は、どんな思いで最期を迎えたのか。

思わず、後席の彼の姉を見る。

少年は、彼女を護ろうとしていたのか。

この機体が後ろ向きに突き飛ばされ、樹林に突っ込んで擱座した。彼は機体を起こそうとしたが出来なかった。どうして出来なかった……？

(押さえつけられたのか？　上から、あの)

あのゴキブリ頭にか。

押さえつけられ、そして——

ゴキブリ頭の機体から、あのズーイ・デシャンタルが跳び降りて来た。外側から、搭乗員救出用の『非常ハッチ開放ハンドル』を引いた。無理やりにハッチを開け、中へ——

「——！」

少年を見た。

この子は最後まで、機体を起こそうと……。

でも剣の先で胸を突かれ、絶命した。それを見た後席の姉は。

白い服の娘を見た。

どうして、奴を撃たなかった⁉　いや、撃ったのか……？　撃っても効かなくて――


「――それで、自害か」


わたしを助けてくれた、マグニフィセント航空のＣＡのルイザは。ズーイ・デシャンタルによって裸のまま逆さづりにされ、生肉として食われた。

あのようにされるくらいなら――

「く」

このわたしも餌にされるところだった。

こと切れた、娘の顔。

不可思議なことはもう一つある。

あの半獣人が、わたしを一目見て「アヌーク姫、生きていたか？」と驚いた。見間違えたのだ。

似ているのだ。

小さい頃から、わたしも『日本人離れしている』とは言われてきた。でも東北地方にはちらほらいる顔つきだ。先祖が、大昔に漂着したロシア船員なのではないか、と言われてきた。

でも。

どうして、こんなに似ている——？

「あなたはアヌークというの？」わたしは物言わぬ姉に問うた。「いったい、あなたたちはどこから」

だが言い終えぬうち

ボトボトボトッ

今度はすぐ近くで、ヘリのローター音が空気を打った。

(うっ……!?)

はっ、として外を見やると。

サーチライトの光。半分開いたハッチの向こう、百メートルと離れていない位置に、一機のミル24が低くホヴァリングしている——いや

(降りて来る……!?)

第Ⅰ章　大地に起つ

1

わたしは音黒聡子《おとぐろさとこ》。

職業は航空自衛隊・飛行開発実験団に所属するテスト・パイロットだ。二等空尉。

八年前、都内の私立女子校を出てから、やむを得ぬ事情で防衛大学校へ進み、それ以来ずっとこの世界にいる。

(――)

すべての始まりは、あの災厄だった。

八年と少し前、家族も、弟も――一夜にしてこの世から消え去り、当時一人で東京都内の学生寮にいたわたしだけが生き残った。

あのことがなければ。

わたしは、防大へ進まざるを得なくなることもなく。戦闘機パイロットなどという職業についてしまうこともなかった。

したがって、こんな場所へ〈極秘偵察任務〉へやられることも――

「くっ」

だが考えている暇はない。

ボトボトボトッ

回転翼が空気を打つ。

半分開きかけた——いや『非常救出ハンドル』によってこじ開けられた、楕円形ハッチから外を覗くと。

目の前、間合い一五〇メートルの空中だ。

わたしの目の高さまで降りて来た、迷彩色の機体がある。

ミル24。昆虫の複眼のようなタンデム式バブルの複座コクピット。こちらには横腹を向けている——濃い白い靄の中でも、この距離ならば機体形状が見える。大口径ローターが回転し、周囲の空気を押しのけ、風圧がたちまちこっちまで押し寄せる。

「う」

ざざざっ、と木片や木屑が吹っ飛ばされて来る。

大型攻撃ヘリはさらに機体を下げる。

何だ、まさか。

（着陸するつもり……？）

両手のひらで木屑や埃を防ぎながら、指の隙間から攻撃ヘリの挙動を見る。

そうか——

この周囲は、樹林に埋めつくされ、ヘリが降着出来るスペースがない。唯一開けた場所といえばこの『守護騎』が木々をなぎ倒して擱座している、ここしかない。

「くそっ——」

どうする。

ハッチを出て、逃げ出すならば今しかない。

(だけど)

わたしは動き出せない。

ミル24が降着しようと下がっていく。と、その向こうにもう一機見える。霧を透かして三〇〇メートルほど奥の空中——サーチライトで真下を照らしながら、樹林の上すれすれにホヴァリングするもう一機のミル24。

(——リペリングしてる……?)

わたしは眉をひそめる。

さっきの機体か。目を凝らすと、樹林のてっぺんすれすれに浮かぶ機体からは数本のロープが垂らされ、のたくっている。ホヴァリングしながら戦闘員を降ろしているのか。

あの位置は……。三十分ほど前、わたしがミル8輸送ヘリをキリモミから回復させ、辛くも樹林に突っ込ませて止めた場所だ。

あそこに人民解放軍の兵士が下りている――数時間前、Ｆ35から脱出してパラシュート降下したわたしを探し出そうとした時のように。

リペリングとは、訓練された戦闘員がヘリから素早く次々に地表へ降下する技術だ。大木の隙間に突っ込み、引っかかって止まっているミル８の機体は、すぐ内部を調べられるだろう。わたしが格闘して倒した戦闘服の将校の男、Ｆ35の爆発のあおりを食って操縦室で失神した搭乗員二名も、見つかるだろう（彼らが息を吹き返しているのかどうか、わたしにも定かでない）。


やばい、逃げるなら今のうち……

でも。

（――）

わたしは球体の『操縦席』――有人宇宙船のコマンドモジュールのような中を、振り返る。

（この機体のこと、まだ何も調べてない）

自衛隊幹部としての、使命感ではない。わたしは防大で物理と、航空工学を専攻した。防大へ進まなくても理科系の学部で研究者になっていたかも知れない。

純粋に、この全高二〇メートルにもなる巨大なヒト型が、どうやって動いて、そしてどんな仕組みで空を飛ぶのか――わずかでも調べず、ここを離れるのは……。

しかしそのわずかな躊躇《ちゅうちょ》は、命取りだった。

ワン、ワン
ワンッ
犬の吠え声に、ハッとして外を見ると。

倒木の敷きつめられた地表すれすれに、まだローターを回しながら一メートルほどの高さに浮いているミル24――その横腹のスライディング・ドアが開き、跳び下りる二頭の犬に曳かれるように、二つの戦闘服姿が現れて降り立つ。

（――!?）

犬か。

押し寄せる風圧に逆らい、目を凝らすと。

暗視ゴーグルをつけた戦闘員二名は、ヘルメットの上から耳を押さえる動作だ。どこかと無線で連絡を取っている。

ミル８の中に、わたしが居ないと分かったか……？

ハッチの縁に身を隠すようにして、目を凝らすと（わたしの視力は二・〇だ）。

戦闘員の片方が、ベルトの物入れから何か取り出し、二頭の褐色の軍用犬の鼻先に代わる代わる押しつける。

「あ、あれは」

思わず声が出た。

靴だ。

わたしが『化け物の館』を脱出する時まで履いていた、CAの制靴のパンプスだ。思わず、自分の足元を見る。今履いている編上げ長靴は、通気孔を通って脱出する途上で、倒れていた技術員のような男から拝借した。

ズーイ・デシャンタルの館は、正確には潜水艦のような黒い流線型で、猫は確か『翔空艇《しょうくうてい》』と――

ワンッ
ワワンッ
二頭は『分かった』『分かった』とでも表明するように、白い息を吐いた。

あの二頭――まさかわたしがついさっき、山頂の駐機場でスコップで殴って蹴散らした二頭じゃないだろうな……？　犬の顔までは判別出来ない。でも二頭は、鼻先を振り回すように周囲を嗅ぐと、次の瞬間『分かった』『こっちだ』と言わんばかりに、こちらへ向かって駆け出した。

ワンッ

やばい……！

茶褐色の影が二つ、跳ぶように駆けて来る。空間は一面に、なぎ倒された大木が敷き詰められた場所だ。わたしはミル8の機体からここまで、横倒しの大木を苦労して踏み越えながら三十分かかって辿り着いた。おそらく、その間に汗の微粒子でも飛び散っていたのだろう。

犬にとっては、足元の悪さはほとんど関係ない、あそこからここまで——

（三十秒もかからない、まずい）

今からハッチを跳び出して逃げても、すぐ追いつかれる。

「何か」

コマンドモジュール内部を振り返った。

何か武器は。

後席の、計器パネルの上。

（——！）

黒い小型拳銃が目に入った。白い服の娘が、その手に握りしめていた——

わたしが、そこに置いたのだ。

右手でハッチの縁を掴み、身体を支えながら左手を伸ばし掴み取った。

「借りるわ」

娘の物言わぬ、目を閉じた顔。

くっ、と唇を噛み、わたしは銃把《は》をあらためる。安全装置はどうなってる……⁉

右手に握ると、親指の当たる部分に突起。

これか。スライド式の小さな突起が、銃口の向きにずらされている。たぶんセーフティは外れている（当然だ、この娘がみずからのこめかみを撃ち抜いた時のままだ）。

ワンッ

すぐ外に声。

反射的にハッチ開口部へ銃を向けるのと、軍用犬の最初の一頭が駆け上がって、わたしの顔めがけて跳躍するのは同時だった。

パンッ

キャンッ

引き金を思い切り引き絞ると、銃弾ではない、何か針のような物が発射され空中で犬を直撃した。犬はもんどり打ち、何層にも装甲の断面を見せるハッチ開口部の縁に激突して、跳ね返った。

もう一頭来る。

引き金を絞る。

だが
カチ
「――えっ」
弾丸切れ……⁉　拳銃の機構が空転した。何も出ない。
茶褐色の大型犬が、開口部をくぐりぬけてまともにぶつかって来た。
がんっ
とっさに、開かれた牙の間に拳銃を突っ込んだが、そのままぶつかって来た犬と共に後ろ向きに吹っ飛ばされた。ステップから足が離れ、おちる――
「きゃあっ」
ずだんっ
球の底に、したたかに背中を打ちつける。目に星が散るが、気を失ってはいられない、激しい息遣いが目の前に。大きく開いた牙の顎が、噛みつこうと迫る。右手で握った拳銃を、牙の間に突っ込んで、押しやる。
ガフッ
大型犬は、喉に突っ込まれた拳銃を、邪魔そうに頭部を振って吐き捨てる。わたしにのしかかった姿勢のまま、噛みつこうと大口を開ける。

噛まれる……！

かわさなくては。

とっさに身を起こそうと突いた左手の指先に、何かが触った。棒のような物体——

「くっ」

考えている暇はない、棒のような物を掴み取って顔の前に持ってくるのと、大型犬の牙が「ハァアッ」と噛みついてくるのは同時だった。

がちっ
犬の牙はわたしの眼の前数センチで、棒状の金属を噛んだ。

「うくっ」

わたしは慌てて右手も添え、両手で握った棒状金属で犬の噛みつきを受け止めた。

（何だ、この棒——）

右手に掴んだ部分の形状に、はっとする。

これは。

犬が、噛みついた棒を放し、ステップバックして再び襲いかかるのと、わたしの右手が柄を握って鞘から剣を抜くのは同時だった。仰向けのままのわたしに上から跳びかかる茶褐色の塊めがけ、剣先を突き出す。それが精一杯だ。

ザクッ

嫌な手応え。

わたしの突き出した剣に、大型犬は自分からぶつかって斜めに突き通された。

悲鳴と共に、血走った両目がわたしの目の前まで迫るが、そこで止まった。

2

「はぁ、はぁ」

わたしは、自分にのしかかる態勢のまま貫き通されて止まった大型犬を、顔をしかめて押しのけた。

ごろん、と死骸は球の底に転がる。

わたしがとっさに掴み取ったのは、一振りの長剣だった。飛びかかる猛犬を見事に貫いてしまった。装飾のある杷が、まるで死骸の肩口から生えているようだ。

しかし
「――どうして、こんなところに」

剣が転がっていたのか。

身を起こしながら、目を上げる。ここはちょうど、少年の座っている前席の下だ。

そうか――

真下から見上げると、操縦席の左サイドにホルダーのような物入れがある。長い物を差し込める形状だ。この剣はあそこから……？

（座席のホルダーから外れておちたのか）

剣――

『男爵』の寝室にも――ベッドサイドの壁に何振りか、装飾つきの長剣があった。

――『騎士よ』

また〈猫〉の声が蘇り、わたしは頭を振る。

そうか……。少年は騎士なのだ。侵入して来た『男爵』に対して、剣を取って対抗しようとした。

しかし狡猾なあの化け物は、少年が鞘から刃を抜く前に、弾きおとしたのか。

それで球の底に――

一撃で胸を突かれた少年は、最期の力を振り絞り、機体を動かそうとした。その姿勢のまま、こと切れたのか。

（……）

いや、考えている暇はない。

わたしは身を起こした。

突き殺した大型犬を踏み台に、二つの操縦席を宙に支えるフレームをよじ登った。また操縦席の横へ。

楕円形のハッチの外に、騒がしい気配がする。

「――うっ」

外を覗きかけ、眩しさに手で顔を覆う。

サーチライトに照らされている。

逆光に目をすがめると、倒木の敷き詰められた広場のような真ん中に、ミル24が降着してローターを空転させている。

その横腹から出て来たのか、銃を抱えたシルエットが多数散開し、こちらへ迫ってくる。包囲を縮めるように――

まずい。

慌てて、ハッチの縁から身を隠す。

呼吸を整え、もう一度覗く。銃を抱えた群れの中で、二つの人影が先行して早足で近づいて来る。さっきの軍用犬を放った二名か――？　後続の十数名は弧を描くように、この守護騎の前面を包囲して近づく。

（くそ）

出たら、捕まる。

このハッチの開口部は、広場よりも高くなっていて、丸見えだ。犬を銃で弾き返した場面も、もう一頭が跳び込んだ瞬間も見えただろう。

あの二名の戦闘員は、わたしがこのコマンドモジュールで犬に襲いかかられ、格闘していると見て、急いで上がってくるのか。

ここを出て、機体の背の側へ走って逃げるとしても——ハッチから出るところは丸見えだ。あの人数で追われたら。

もう、ここから跳び出しても遅い。
逃げる方法は。
肩で息をしながら、コマンドモジュールを見回す。
「何か、逃げる方法」
ふと
(——こいつ、動かせないか)
その考えが浮かんだ。
この守護騎を。
外へ出て徒歩で逃げれば捕まる。しかし、この機体を『歩かせて』移動すれば——

「──」

動力は、切れてない。

（──！）

そうだ。

数時間前、Ｆ35でこの機体の目の前に降り、センサーで探った。内部からの赤外線の反応が、鼓動のように変化して──

青い服の少年。

騎士の少年を見た。

操縦席を代わってもらうにしても、時間が必要だ。

時間を稼がないと。

「ハッチ、どうやって閉めるの」

教えて。

突っ伏した少年の背に、目で問う。

と
〈ＥＮＴＲＥ〉

右側の、肘掛け状のスイッチパネルの上だ。大振りの赤い円型ボタンが目に入った。

〈ＥＮＴＲＥ〉という文字。アントレ──仏語で『入口』。

これか……⁉

手を伸ばし、ばん、と叩くように押す。

だが
(――何も動かない……⁉)

これがハッチの開閉スイッチじゃないのか……？

いや待て。

おそらくこれがスイッチだ。戦闘機でも、キャノピーの開閉スイッチはパイロットの手ですぐに触れる所についている。ミルソーティアの言語が仏語にかなり近いことも分かっている。

しかしこの操縦席のハッチは、『男爵』に外側からこじ開けられたのだ。緊急時に失神した搭乗員を救出するための機構を悪用された。閉められるなら、少年はとっくに閉めているはず――

はっ、と気づいた。

(外の非常救出ハンドルみたいなやつだ。あれを、元へ戻せば)

さっき、ここへ入り込む時。ハッチのすぐ外側に四角いアクセス・パネルが開かれ、中の黄色いハンドルが引かれているのを目にした。あれが非常ハッチ開放機構だ。あれを元に戻さない限り――

「くっ」

わたしは、開口部の縁を両手で掴んだ。狙撃されることは、多分無い。彼らにとって、わたしは中央へ連行すれば手柄になる〈獲物〉だ。

ハッチから身を乗り出す。

一メートル半、下の方に開かれたままのパネルが口を開け、中に黄色のハンドルが見える。手を伸ばしても届かない、いったん外へ出ないと。

（しかたない……！）

身を乗り出す。オーバーハングのような巨大な胸板の下だ。機体表面は航空機のようなアルミ合金ではない。かといって鋼鉄でもない。不思議に滑らかでツルツルしている。

「きゃっ」

外へ出た瞬間、足を滑らせかける。

下方から何か聞こえる。間合い五〇メートル、巨体の脚の方で「×▽※！」「××！」と兵士の叫び。『いたぞ』『見つけたぞ』とでも叫び合っているのか。

くそっ……。

機体表面を横向きに腹這いになって進み、蓋を跳ね上げたアクセス・パネルに取りつくと、黄色いハンドルを掴み、押し下げた。

同時に
カンッ
一メートル横、銃弾が表面に当たって跳ねた。
チュンッ
「あ」
当たらない、威嚇射撃だ、当てるはずはない……！
自分に言い聞かせ、パネルの蓋を元通りに叩いて閉める。
カカッ
チュンッ
銃弾が、わたしの動きを止めようとするようにすぐそばに当たり、跳ねる。
構わず、ハッチ開口部へ這い上がる。
怒鳴り声が、背中に急速に近づく。『止まれ』と言っているのか。
「――あいにく中国語は」
わたしは頭から楕円形の入口へ身を滑り込ませる。背後に気配が迫っている、先頭の二名の戦闘員がヒト型の腹部を駆け上がってくるのが分かる。そのまま頭から跳び込む。
「きゃっ」

前席の少年に、もろに抱きつくようにぶつかった。
駄目だ、止まらない……！
当然だが、銃弾に追われるなんて初めてだった。当てられない、と自分に言い聞かせても、わたしは慌てて頭から操縦席へ跳び込んでいた。俯せた少年の背中にしがみつこうとしたが手は滑り、シートのどこかを掴みかけたが身体を止められず、そのまま球の底へ再び落下した。
しまった……！
「きゃぁっ」
宙で身を捻る。
どささっ
衝撃。頭から激突するのだけは何とか避け、身を横にしてぶち当たった。倒れた犬の死骸のすぐ横で、顔をしかめ、起き上がろうとするが
その瞬間
ゆさっ
球全体が、ふいに動いた。

「う」
立とうとして、転ぶ。
仰向けに脚を滑らせ、また背中を打った。
(――く、くそっ)
頭への衝撃で、眩暈を起こしたか。
だが
ゆさゆさっ
な、何……⁉
わたしの眩暈ではない。
球が――
「動いてる」
上向きに動いている……⁉
身体で感じた。浮き上がる、上昇の感覚。急激に球全体が上向きに動く。
つかまるところがない、両足を踏ん張ってバランスを取ろうとすると、浮き上がる
感覚はものの二秒で止む。
(――‼)
ふらつきながら頭上を仰ぎ、息を呑んだ。

何だ、球の天井が無くなっている。白い夜空がじかに頭上にある。前後二つの操縦席の上が、何もない空だ。

「いったいどうなって」

ウォンウォンウォ

何か聞こえる。

足の下から、動力の唸りのような――

「……！」

それどころか。気づくとわたしの目の前にも、球体の壁面がない。足の下も、見下ろすと十数メートル下方が地面だ。倒木が潰され、何かの形に窪《くぼ》み、そこへ無数の木片がパラパラとおちていく――いや、戦闘服の人影も一つ。悲鳴の形に口を開け、空気を掴むように暴れながら落下していく。

「な」

ウォンウォン

何なの……⁉

まるで、地上十数メートルの高さに、浮いているようだ。

浮いている……⁉　いや、違う。

「……立った？」

このヒト型が――立ったのか⁉

窓のない壁面と思っていた球の内側が急に透けて、外の光景が見える。

外が――

「はっ」

前方に視線を戻し、わたしは目を見開く。

異様な眺めだ。目の前に人間が浮いている。黒い戦闘服姿が一つ、手の届くような近さにいるのだ。透明な岩壁に張り付くみたいに、目の前の宙に張り付き、両手を動かして身体を振り、登っている。球が透けているから（全周モニターなのか）、すぐ目の前にいるように見える。操縦席の楕円形の開口部の縁に、戦闘員は片手をかける。

まだハッチは開いている。楕円の開口部だけが、リアルに外気と通じている。

さっきの二名の戦闘員の片割れか。

やばい、侵入される……！

3

その時。

わたしは、どこか別の世界からやって来たとしか思えない、巨大なヒト型兵器のコマンドモジュールにいた。そんなものがどうしてそこにあるのか（第一、どうやって動いているのか）、想像も出来ない。

しかし周囲を取り囲み、襲って来るのは中国人民解放軍の戦闘員と戦闘ヘリの群れ――これは現実だ。

やばい……！

（――！）

入り込まれる。

わたしは透明になって見えない球の底を蹴り（球体の底面は見えないが存在した）、操縦席を支えるフレームに飛びつくと、よじ登った。

搭乗員を救助するための黄色いハンドルを元へ戻したら、途端にこのヒト型は、まるで目を覚ましたように動き始めた。救助活動中に機体が動き出さないようにするロック機構でもあったのか――？

それで、あの子が機体を起こそうとしても――

だが考えている暇は無い。全周モニターとなって透けて見える壁の向こう、黒い戦闘服の人影が身体を振り、岩登りの要領でハッチの縁に手をかけ、両腕で懸垂するように身体を引き上げる（このヒト型が立ち上がったので、操縦席前の外壁は絶壁となったのだ）。ついさっき、軍用犬を放って寄越した二名の片割れだ。もう一人は、つかまるところを見つけ損なったか、真下へ落下して行った。

「くっ」

ハッチを閉じなくては。

わたしは肘をフレームにぶつけるのも厭《いと》わず、防大のロープ登り教練のように操縦席へよじ登ると、レバーを握ったまま倒れ伏した少年の右横のスイッチへ手を伸ばす。赤い円型のボタンを、手ではたく。

パシッ

しかし一瞬早く、斜め頭上の開口部から黒戦闘服が跳び込んで来た。肘掛けにつかまってボタンを叩いたわたしに、まともにぶつかって被さった。そのすぐ後ろで楕円形のハッチが閉じる。

シュッ

「××▼！」

「きゃあっ」

おちる……！

一瞬、宙に浮く感覚がして、後ろ向きに球の底へ叩きつけられた。

「うぐっ」

「▼×★※！」

わたしにのしかかって落下して来た戦闘員は、暗視ゴーグルの顔で驚いたように見回すと、斜め串刺しになった軍用犬に気づき、唸りを上げた。

「▽▼×！」

「な、何——」

言い返せない。馬乗りに組み敷かれ、首を絞められた。

ちょっと……！

声が、出ない。

絞め殺したら、手柄にならないでしょう——そう言いたいが、身動きが取れない。

「▼×！」

戦闘員は興奮しているのか。

息が、詰まる。

その時。

『——侵入者アリ』

機械の音声が、どこかでした。

あの言語……！

天井の方だ。

『侵入者アリ、侵入者アリ』

女とも男ともつかない、抑揚の無い音声が響くと、天井のどこかにパクッ、とパネルの開く気配がした。何かが空気を切って、頭上から伸びて来る。

何だ。

シュッ
細長い物が、素早く伸びた。わたしにのしかかる戦闘員の首筋の後ろへ。

（……蛇⁉）

仰向けに押し倒されていたので、それが見える。金色の蛇――いやエンピツ……⁉

「××▽⁉」

戦闘員の男も気配に気づき、わたしの首を絞めながら振り向く。

途端に
『侵入者アリ。排除スルカ』

チーッ
赤い光。

金色のエンピツのような物が、無数に繋がった細い関節の先っぽにあって、カマ首をもたげている（それが蛇のように見えたのだ）。エンピツの尖端は、戦闘員の首筋すれすれまで迫り、赤い光を明滅させる。

戦闘員は何か叫ぶと、腕で払いのけた。だが金色の蛇のようなものは素早く宙で位置を変え、かわしてしまう。

『侵入者アリ。排除スルカ』

誰に質問をしている……⁉

何だ、この声――

仰向けの姿勢のまま、目で探ると。白い夜空を映し出す球の天井の一か所が蓋のように開き、そこから細い無数の関節で出来たアーム状のものがニュウッ、と伸びている。声は天井のどこかに、スピーカーがあるのだろう。しかしまるで金色のエンピツがしゃべっているようだ。

「×▽！」

戦闘員は腰からナイフを抜き、振り払った。

エンピツはシュッ、とまた位置を変え、かわす。刃は宙を切っただけだ。

『返答ナシ。排除』

わたしは息を呑んだ。

チーッ
次の瞬間。

カマ首をもたげたエンピツの尖端で赤い光が膨れると、閃光を放った。

ボンッ
爆発音がして、わたしの上から重みが吹っ飛んでなくなった。同時に真っ白い煙。

「――わっぷ」

驚いて身をひねる。何だ、何が爆発した……!?

この白い煙は何だ。

だが考える暇も無く。

『侵入者アリ』

金色のエンピツは、次にわたしの額のすぐ上に空気を切って移動して来ると、ぴたりと止まった。

『侵入者アリ、侵入者アリ』

チーッ
「ちょ、ちょっと待って！」

わたしは後ずさりながら身を起こす。

こいつは、何だ。この機体のセキュリティー・システムの一種か⁉　正規の搭乗員でない者が入り込むと、殺してしまう――

球の底の一方をちらと見て、息が止まる。

どうもそうらしい。黒い戦闘服が見えない壁にぶち当たってのけぞり、黒焦げになった暗視ゴーグルが白煙を噴いている。頭が、黒焦げ……

「……」

悲鳴を上げそうになるのを、呑み込んだ。

『侵入者アリ。排除スルカ』

また誰かに訊いている。

「ちょっと待って、わたしは」

怪しい者では――いや、怪しいか、やっぱり。

でも、こんなセキュリティー・システムがあるなら、どうしてデシャンタルが侵入した時――

（――！）

わたしはハッ、として頭上を見た。少年が倒れている操縦席。

『侵入者アリ。排除スルカ』

「待ってっ」

フレームに飛びつき、再度登った。

金色の〈蛇〉は宙を自在に動く。エンピツの尖端が、首筋すれすれの位置を気持ち悪いくらいにキープしてついて来る。構わずに、よじ登り、肘掛けのスイッチパネルへ右手を伸ばす。

「くっ」

『返答ナシ。排除』

首の後ろでチーッ、とエネルギーのチャージされる音が響くのと、わたしの手が〈ENTRE〉と表示された赤いボタンを叩くのは同時だった。

シュッ
与圧の抜ける感覚とともに、斜め頭上で楕円形のハッチが開く。するとわたしの首筋に触れんばかりに迫っていた金色のエンピツが、赤い光の明滅を止めてカマ首を下げた。

天井の警告音声も聞こえなくなり、金色の〈蛇〉は何事もなかったようにスルスルッ、と引っ込んで行き、天井の開口部へたくし込まれる。パタン、と蓋が閉じる。その蓋は、モニターの光景に溶け込んでしまって見えなくなる。

「――はぁ、はぁ」

今のは。

わたしは肘掛けのスイッチパネルにしがみついたまま、肩を上下させた。

やはり、そうか。

侵入者排除装置――とでも呼ぶか。乗っ取りを防ぐセキュリティー・システムだ。

今の金色の蛇みたいなやつは、エントリー・ハッチが閉じている時だけ働くのだ。通常、ハッチが開いている時には、整備員が作業のために入り込むこともあるだろう。緊急時には救助の隊員が入るだろう。その度に頭を吹っ飛ばしていたら、大変なことになる。

（……あのズーイ・デシャンタル、こういう仕組みまで働かないようにして――）

考えている暇は無かった。

開いたハッチから冷気が吹き込み、同時に強いライトの光芒が、真正面から押し寄せて前方視界が白くなった。

「――う」

前席の脇にしがみつく格好のまま、わたしは目をすがめる。

ボトボトボトッ
ミル24だ。

目の前にいる。

さっきより近い——倒木の上に降着していた攻撃ヘリは、こちらが立ち上がったので、驚いて飛び上がったか。

ホヴァリングしている。わたしの目の高さに、向こうのコクピット。機首がこちらを向いている。サーチライトが来る——

眩しい。この球を囲む全周モニターには防眩機能があるようだが、ハッチを開いてしまうと、その部分だけ生の視界だ。強い光線がまともに差す。

同時に

『ただちに降りよ』

割れた大音量スピーカーが、間合い一〇〇メートルで怒鳴った。

英語だ。ヘリを操縦するのは将校だから、英語が出来るのか。

『ただちに〈エクレール・ブルー〉から降機し、降伏せよ。さもないと操縦室ごと攻撃し破壊する。繰り返す、日本軍の工作員に告げる。お前は完全に包囲されている』

パラパラパラ

パリパリ

タービン駆動のローター音が複数、空中を運動して周囲から近づく気配。

たちまち白い光芒が、横方向からも当てられる。

「——くっ！」

わたしは周囲を見回す。

囲まれた……。

4

囲まれた。

さらに三本の光芒。新手のミル24が三機やって来た。右、左、真後ろだ。接近してきてホヴァリングし、サーチライトを向けて来る。

合計四機で四方から囲まれた。

さらに
「う」

赤い細い線のような光がチラッ、チラと光芒の中に混じっているのに気づき、わたしは唇を噛む。

照準用レーザー……⁉

この様子を、外から見る者がいれば。

霧の樹林の中に立ち上がった巨人の周囲を、四機の大型攻撃ヘリが取り囲んでホヴァリングし、睨み合うような光景に息を呑んだことだろう。

ふらつく巨人の胸部、腹部をサーチライトが照らし、赤い糸のようなレーザー光が這い廻る。

わたしは素早く、取り囲んだ四機の細部を出来るかぎり目で探る。

ミサイルも抱えている――四機のミル24が、それぞれ短い主翼の下に吊すのはレーザー誘導の対戦車ミサイルだ（ロシア製のコピーだろうが、これだけ近くて標的が大きければ当たる）。

「くそ」

コマンドモジュールの中を見回す。

この機体――本当は彼ら人民解放軍が欲しがっていたものだ……。山頂のキャンプで黒手袋の将校が『霧が晴れるのを待ち、ブツを引き上げる』と口にした。ブツとは、たぶんこの機体のことだ。映像モニターの技術ひとつとっても素晴らしい（ヘ《H》ルメット・マ《M》ウントサ《S》イト無しでF35と同様な全周視界って、どうやって得ているのか？）。〈アグゾロトル〉によって倒されたこの守護騎を、彼らは引き上げてどこかへ運ぶつもりだった。

そのために、超大型輸送ヘリのミル26を数機、山頂のキャンプに待機させていた。おそらく一機で吊り上げるのは無理だろう、天候の回復を待ち、複数のミル26で同時に吊り上げて運ぶつもりだったのだ。

しかし、日本軍の工作員（つまりわたし）が乗り込んで、機体は動き出し、立ち上がってしまった――

『ただちにコクピット出ろ』

割れた音声が、思考を遮る。

『十秒以内に出て来い。さもなくばコクピットごと破壊して殺す』

言うが早いか

チカチカッ、とヘリの機首の下で閃光が瞬くと

ドンッ

機体外板に衝撃。

ドン

ドガッ

ドガガッ

「――きゃっ」

ゆらっ

わたしは、つかまっている前席の肘掛けから振りおとされそうになる。

機関砲を撃った……⁉

どこか、ハッチの周囲に直撃した。だが打撃を食っても、ヒト型の巨体は揺らぎはするが倒れない。二本の脚でバランスを取り、立っている。

凄い、バランサー機能があるのか。目の上のハッチの開口部が揺れ、真正面に浮いているヘリの正面形が踊る。その機首の下でまた閃光。

ドガガガッ
ドガッ
「きゃあっ」

衝撃波で髪の毛が吹っ飛ばされる。ハッチのすぐそばに食らっている、一発でも開口部へ飛び込んできたら、わたしは一瞬でミンチだ。

『あと五秒だ』

ヘリは怒鳴った。

『機体を座らせて、ハッチから出ろ』

「すわ――」

座らせるなんて、どうやってやるんだ。

何とか、この場を脱するには……⁉

動かぬ少年の握りしめるレバーと、ハッチ開口部の断面を見る。装甲はある。ハッチを閉じれば機関砲弾はとりあえず防げるだろうが、今度は侵入者排除装置に殺される――

『三』

チカチカッ

また閃光。

ドガガッ

ガッ

「――きゃあっ」

『二』

凄まじい衝撃で機体は揺れ、わたしは操縦席の横から振りおとされそうになる。

とっさに肘掛け状のスイッチパネルにしがみついた。

その瞬間。

ぐうっ

ふいに球状の操縦室全体が、前へ動いた。

「な」

何だ……⁉

遥か下方で巨大な脚が、一歩踏み出してズンッ、と別の場所を踏みつける。

「き」

機体が前へ出た……⁉


すぐには気付かなかったが、スイッチパネルにしがみついた時、少年の右手が握っているレバーに触れたのだ。それで——

「——！」

目を見開くわたしの視界で、正面のミル24が驚いたように後退する。

『と、投降せぬなら、死ね！』

「ちょ」

ちょっと待って……！

真正面のヘリ。今、後退するためにわずかに機首を上げた。一〇〇メートルほど間合いを空け、踏みとどまるように機首を下げると、わたしのしがみつく操縦席を狙うように水平姿勢になる。

やばい、機関砲を直撃されたら。

「くっ」

わたしは少年の冷たい手の上から、とっさに右側のレバーのような物を一緒に掴むと、前へ押した。

ぐぐうっ
動いた。

今度は下方で左脚が大地を蹴り、前方へ一歩踏み出す。

ズズンッ
わたしを撃とうとしたミル24は、また驚いたように下がる。ヘリは空中で後ろへ下がる時は機首を上げるから、機関砲も上を向いてしまう。チカチカッ、と機首で閃光は瞬いたが、真っ赤な火焔の鞭は頭上を通過した。

（こいつ、動かせる……！）

同時に右、左、真後ろに滞空している三機も、反射的な動作で間合いを空けるのが分かった。このヒト型を中心に、一斉に数十メートル下がったのだ。

攻撃のためか。

それともびびった、い、い……!?

守護騎の威力を、連中は知っているのか。

「はぁ、はぁ」

わたしは肩で息をしながら、前席にうつ伏せる少年を見た。その彫りの深い横顔。

「お願い」
わたしはその物言わぬ顔に頼んだ。
「わたしに、操縦させ——」
だが言い終わらぬうちに
ガガガガッ
ガン、ガンッ
今度は前後左右から、同時に無茶苦茶に打撃された。コマンドモジュールは激震して、わたしはしがみつくのに精一杯だ。「きゃぁあっ」と悲鳴を上げてしまう。駄目だ、振りおとされ——
何かにつかまろうとして、とっさに右手を伸ばした。別のレバーのような物が指先に触れた。思わず、それを掴んだ。
がくんっ
何かが動いた。慣性のある重量物が頭上へ振り上げられる気配がすると、背後でシュラッ、と何か引き抜かれる響き。一連のモーションは一秒とかからない、気づくと目の前の視界に、蒼白く輝く長大なものが現われている。これは——
(——!?)
剣……？

何が起きたのか。

守護騎の右腕――右のマニピュレータが、自動シークエンスで素早く肩の後ろから〈剣〉を掴み、引き抜いたのだ。そればかりか自動的に前方へ振り出して構えた。

同時に踏み出した左脚と、後方へ踏ん張る右脚が微妙に動いて機体のバランスを保つ。まるで人間の身体の動きだ。

機関砲弾直撃の衝撃が、止む。

四機のミル24は驚き、機首を上げて後退したのか。

はっ、として自分の掴んでいた物を見る。振りおとされそうになって、とっさに掴んだのは一本の短いレバーだった。わたしはそれを引いていた。手を放すと、ブラスのような金属の握りに長剣のシンボルマーク。少年が握る操縦桿のようなレバーの横に、何本か生えている補助的な操作レバーの一本だ。

（これは、腕に剣を振り出させる……）

だが考える余裕はない、全周モニターの周囲から、サーチライトの代わりに赤い細い光が集中する。

「くっ」

わたしは手を伸ばし、青い騎士服の少年を前席のシートに固定しているハーネスのバックルを掴んだ。造りは戦闘機のものと変わらない、円型のバックルを回せばシートベルトとハーネスが外れ——

だが次の瞬間、四方から超音速の弾体が迫る気配。

（——！）

ミサイル。

周囲を見やる暇もない、凄まじい衝撃が続けざまにコマンドモジュールを襲った。

ドグワッ
「きゃぁああっ」

身体が浮く。ハッチ開口部から衝撃波が襲い、わたしを操縦席の横から吹き飛ばす。

一瞬、上も下も分からない、そのまま球の天井か底かに思い切り叩きつけられる。

「——ぐっ」


どさどさっ、と物体のおちる響きがした。

わたしは球の底に転がっていた。顔をしかめて目を開けると、すぐ横に続いて落下して来たのは青い騎士服だ。物言わぬ少年。

「ご、ごめんっ」

目を閉じたままの少年に告げると、身を起こす。

驚いたことに、機体はまだ立っている。ゆらゆらっ、ゆらっと激しく揺れる。対戦車ミサイルを何発か直撃で食らって、倒れずにバランスを保って立っている……。

その代わり前後左右に、不規則に大きく揺れる。

「く、くそ」

ぐらっ

わたしは、もう何度目か、支柱のフレームにつかまってよじ登った。

機体がバランスを保とうとして動く時、振りおとされそうな慣性力が加わる。必死にしがみつき、支柱の上の操縦席へたどり着く。

どさっ

空のシートに転がり込む。

つい今まで、少年が倒れていた席。正面には計器パネル。左右の肘掛けに相当する位置にも、レバーのたくさん生えたスイッチパネル。そして激しく左右に揺らぐ前方視界に重なって、赤や黄色の警告メッセージらしき文字列が浮き、明滅している。

（損害を、知らせてる——パラメータや警告灯は、全周モニターに重ねて表示するやり方か）

考えている暇はない。前方視界に、一機のミル24が回り込んでくる。この守護騎の右腕が構える〈剣〉を避けるようにして機体を捻り、やや左から回り込んでくる。

チカッ
照準レーザーの赤い光が、開いたハッチの口からまともに差し込み、わたしの顔をなめた。

「うっ」

直撃される。ハッチは開いたままだ、直撃されたら殺される。

(……!)

山頂のキャンプで出会った、針のように目の細い司令官の顔が一瞬、浮かんだ。日本軍の工作員に奪われるくらいなら、破壊してしまえ――

ヘリが位置を決める。真正面。

どうすれば。

反射的に、右手で右のレバーを掴んだ。ブラス製か、冷たく重い。だが思わず握って前へ押すと、機体が反応した。

ぐうっ、と全体が前へ動く。

ズンッ
(……前へ出たっ⁉)

一瞬で攻撃ヘリの姿が、十数メートル近くなる。そうか巨体の一歩か――だがミル24は軽く機首を上げ、少し後退するとすぐに水平姿勢に戻す。わたしの顔へ赤いレーザー光を向け直す。短い主翼の下で、パッ、とロケットモーターの火焰。

発射された……！　わたしは思わず反射的に、レバーを握り込んで左へ捻る力を加えていた。

その瞬間。

ぐううっ

視界全体が右方向へ瞬間的に流れた――いや守護騎が左へ身をひねったのだ。白煙を曳くロケットがわたしの頰をかすめるような近さで、すぐ横をすり抜けた。同時に右マニピュレータがバランスを取るように後方へ振られ、次の瞬間、溜めをつくって前方へ振られた。光る剣が前方を振り払った。

ズバッ

5

それは一瞬のことだ。

何が起きたのか分からなかった。

だが気づくと、目の前の宙空で攻撃ヘリの機体が横向き真っ二つになり、火球のように膨れるところだ。

「――うわっぷ」

爆発する……！

思わずシートで身をのけぞらせる。同時にぐんっ、と景色が奥へ遠のく。後方へバックする感覚とともに、ミル24が大爆発。

ドドドンッ

後で気づいたが。

わたしは、そのとき無意識に右手でサイドスティック（そう呼ぶしかない）を手前へ引いたのだった。手の圧力を感じ取った操縦系統が、ヒト型の巨体を瞬時に一歩後退させ、同時に爆発の衝撃波を防ぐように機体の前で両マニピュレータを交差させた。

け、剣で斬った……!?

（まさ――）

目を見開く暇も無い。大爆発の衝撃が襲い、シートに叩きつけられる。

ドガガガッ

「きゃあっ」

衝撃波が吹き込む。身をよじる。髪の毛が残らず持っていかれるが、金属の破片などは飛び込んで来ない。

突風がおさまり、肩で息をしながら目を開くと。

このヒト型の左右の腕——両のマニピュレータが、まるでこの操縦席を護るかのように目の前で交差されている。右の〈手〉には、青白く輝く長剣を握ったままだ。

「はぁっ、はぁっ」

これは……。

わたしは右手に握ったレバーを見る。ツルツルの金属の棒のようだが——前後左右にもほとんど動かない。しかしこれは。

(——フライバイワイヤ……か⁉)

わたしの手の圧力を感じ取って、それに応じた動きを機体にさせるのか。

F35の操縦系統と、思想的に同じか。

ライトニングⅡのサイドスティックも、それ自体はあまり動かず、パイロットの手の圧力を感じ取って舵面をコンピュータが動かし、機を運動させる——

「くっ」

試しに、握ったレバーを手首で右へこじるようにした。

途端に
ぐんっ

視界全体が瞬時に横へ流れ、わたしはシートから振りおとされそうになる。何だ、この横G——⁉

「わっ」

慌てて脚を踏ん張り、右手の力を抜く。視界の流れが止まる。ズンッ、と地面を踏み締める響きと共に、揺れながら止まった全周視界の真ん前にもう一機のミル24。

み、右の方にいたやつか……⁉

この巨体全体が、縦軸廻りに瞬時に向きを変えたのか……⁉　攻撃ヘリも驚いたように機首を上げ、後方へ下がる。下がりながら再び機首を下げ、赤い照準レーザー光を向けて来る。開いたままのハッチから眩い光が差し込み、顔に当たる。

「くっ」

間合いが、遠い。

ヘリの短い主翼下でパッ、と発射火焔。

う、撃たれたっ……！

反射的に右手でレバーを前へ。さっきはどうやった……⁉

「こうかっ」

視野がブンッ、と横向きにずれると同時に、すぐ左側をミサイルが擦過。だが今度は敵が遠い、あれをやるにはどうする⁉　大きく前へ出たい。走らせるにはどう――

（――左手かっ）

設計思想が近いのならば。左レバーは出力コントロールのはず――とっさに思いつき、左手に握ったレバー（前後にしか動かない）を叩くように前へ出す。

途端に

ブンッ

視界が下向きに吹っ飛んだ。

「えっ」

跳躍した……⁉

視点が高くなり、一瞬、わたしは巨体とともに宙を跳んでいた。真っ白い水蒸気の中、サーチライトをあさってに向けた攻撃ヘリの姿が目の下からうわっ、と迫った。

「うわぁっ」

ぶつかる……！

とっさに両足を踏んだ。飛行機の地上滑走でブレーキをかけるように左右のペダルを踏み込んでいた。同時に右のレバーを反射的に、手首で起こすように引いた。巨体は放物線を描くように落下しながら、上半身をそらし、右マニピュレータを半自動的に頭上へ振り上げた。

落下。
思わず右レバーを前へ。巨体が前かがみになり、剣を振り下ろす。高度十数メートルに滞空するミル24を、落下しながら上から下へ縦向きに両断した。
ズバッ
着地。

ズズンッ
叩きつけられるような衝撃。前方視界が上向きに吹っ飛び、目の前に地面が迫る。

だが両脚のサスペンションが働いたか、胸部が地面にぶつかる寸前で止まる。

同時にすぐ頭上で、攻撃ヘリの機体は真っ二つになり、左右へ十数メートルも吹っ飛んでから大爆発した。

ドドドドーンッ！

激震が、コマンドモジュール全体を叩き伏せるように襲った。

「きゃあぁっ」

わたしは計器パネルに叩きつけられた。座席のハーネスを締める余裕は無かった。

コンソールの縁につかまり、放り出されぬようにするのが精一杯だ……！

「はぁっ、はぁっ」

だけどまだ二機いる。

戦闘機パイロットとしての訓練がなければ、この時点でパニックになり、茫然自失したかも知れない（いや、もっと早い時点で我を忘れたかも知れない）。

しかしわたしの感覚は、まだ二機いる、と教えていた。まだ危機は去っていない。

凄じい衝撃を何度も受けたが、まだ動けないほど負傷はしてない（細かい傷は、この際考えないことにする）。わたしは肩で息をしながら、身を起こすと、右手のレバーというかサイドスティック（どうやらこれが操縦桿らしい）を引いた。

上半身が、起きる。

コマンドモジュール自体も斜め下を向いていたのが、水平に戻る。

立たせるには、どうする……？

両足を無意識に、強く踏み込んだままだった。膝の力を抜いてやると、ぐうっ、と巨体全体が上向きに立つのが分かった。

「お」

視界全体が沈み、視点が十メートルほど高くなる。

（た、立ち上がった――そうか、この操縦桿を前へ押して、両のペダルを強く踏み込むと膝をついてしゃがむわけか……逆に操縦桿を引いて、踏み加減を弛めると立つ）

少し分かってきた。

だが立ち上がれば、対戦車ミサイルの的になる。

「くっ」

真後ろに気配を感じ、右手でレバーをこじって巨体を振り向かせた。ほとんど同時に視界の奥の二か所でロケットの発射火焔。しかし放たれた二発の弾体は、こちらへ来ない。噴射炎を曳きながらあさっての方向へ通過した。

シュッ
シュッ
そうか——今の爆発の煙と炎で、レーザー照準が働かないんだ……。

(……ロシア製のコピーかっ)

わたしは右の操縦桿で機体を一歩、前進させると、人差し指でスティックの前面を軽く下向きになでるようにした。機体が反応し、巨体の右腕がシュッと前へ振り出される。

やはり、そうか。右腕を操るにはこんな感じだ。

まるでタブレット端末の表面を、指先の感覚で操作するみたいだ——

「——はぁ、はぁ」

わたしは肩で呼吸を整えながら、前方視界の左右、それぞれ二〇〇メートルほどの位置に滞空する二機を睨みつけた。

右・一時方向に一機。左・九時半に一機。人差し指でトリガーを握るような動きをすると、巨体は右手の剣を構える。

こうか。

左の一機を目の端で捉えながら、右前方の一機を睨み、人差し指を微かに右へずらす。剣先が動いて、ぴたりとミル24の正面形に向く。

気迫でも伝わったか、青白く輝く剣（いったい何が光らせているのか）を向けると、ミル24はその場で驚いたように身じろぎした。

「やるか、お前ら」

わたしは肩で息をした。

これで、この盆地を脱出出来るか。

この包囲を脱すれば、どこかで時間を作り、空を飛ぶ方法を見つけ出す。

（そうすれば）

守護騎を持って帰れるか。

「やるんなら、かかって来い」

思わず、攻撃ヘリを怒鳴りつけた。声など届くはずは無いが気迫は伝わるのか、わたしが剣を向けたミル24は急激にバンクを取った。

ヘリが横移動する。右手へ――わたしの乗る巨体を中心に、弧を描くように移動するのが全周モニターで見える。

「くっ」

追従して、向きを変えれば、左手のもう一機に背中をさらす……。

わたしは右へ横移動する一機と、左手に浮くもう一機に、交互に視線を走らす。間合いは両方ともおよそ二〇〇メートル、左右からはさみ撃ちにするつもりか。

剣は届かない、だが向こうの対戦車ミサイルも、流れる爆煙で照準出来ない。

(機関砲は、多少食らったって、ハッチ開口部を直撃さえされなければ)

わたしは右の人差し指で巨体の右マニピュレータをスイングさせ、右方向の攻撃ヘリに剣先を向け続けたが、機体自体の向きは変えない。

考える。

今、右方向のヘリをやろうとして、もしもわたしが背を向けたら。左のヘリはその隙に一気に間合いを詰め、照準の要らない至近距離から残りの対戦車ミサイルをわたしの背中へ全弾ぶちこんで来るだろう――

編隊空戦は、航空自衛隊の戦技訓練でさんざんやっている。二対一である以上、油断は出来ない。

どうする。

わたしは右・三時方向、左・九時方向でホヴァリングする二機を交互に見た。こちらの有利なところは、真後ろまで全周の視界が得られることだ。

地形は。

すでに、この巨体（彼らはこれを何と呼んだ……？　名前があるらしいが、よく聞き取れなかった）が樹林をなぎ倒して造った『広場』の端まで来ている。

右方向のミル24は樹林の上にいて、樹木のてっぺんすれすれに浮き、左方向のもう一機は『広場』の上にいる。

このまま睨み合いを続けても、爆煙は流れて薄れていく。レーザー照準が有効になれば一機がミサイルを撃ち、それを回避しようとするこちらの動きを見て、もう片方が撃つだろう。左右から来る複数のミサイルを、慣れない操作でかわすのは難しい――再度ミサイルを食らったら、この機体はどうなるか分からない。たとえ破壊されなくとも、さっきの衝撃をまた食らうのは……。

「……ごめんだ」

くっ、とわたしは唇を噛み、左右の攻撃ヘリを交互に睨んだ。時間がたてば――山頂の人民解放軍キャンプのヘリポートにはもっとヘリがいた、大群に取り囲まれたら逃げきれなくなる……。

「やるか」

一秒を争う。ここを脱しなくては。

わたしは、剣先を向けている右方向のミル24を見た。見ながら、右手のスティックをそうっと放し、座席のベルトとハーネスを手探りでカチャカチャと装着した。よし

「――!」

次の瞬間。わたしはサイドスティックを握り、右へこじり、守護騎の巨体を右へ向き直らせた。視界が吹っ飛ぶように横方向へ流れ、ミル24の正面形が真ん前に来ると同時にスティックを前方へ倒し、左手に握るスロットルのような出力レバーを前へ出した。

ぐっ
「行け」

加速がかかり、Gでシートに押しつけられる。凄い、機体がダッシュした――前方視界がうわっ、と手前へ迫る。さっきは跳んだが、やはり出力レバーの出し加減でジャンプかダッシュかが決まるのか。その辺りはよく分からない、分からないまま、機

体の胸までの樹林に突っ込む。

ズザザザッ

前方ではミル24が驚いたように機首を上げ、後退して行く。この挙動は――やはり自らは後退し、わたしを引きつけて、背後から僚機に撃たせるつもりだ。

（……！）

振り向く。

左方向にいたもう一機のミル24は機首を下げ、前進加速しながらこちらの背中めがけて追って来る。

こちらは樹林の中へ突っ込んで、かき分けながら進むので速度は鈍る。人間が麦畑の中へ分け入って走る感じか。

激しく揺れる。

ズザザザッ

「くっ」

前方のミル24は機首上げ姿勢で後退して行くから、機関砲もミサイルも撃てない（撃っても頭上へ外れる）。

真後ろを振り返る。後方のミル24は、逆に機首を下げた姿勢で、ローターの揚力で加速しながら追いすがって来る。こちらより速い、たちまち追いついて来る――間合い一〇〇メートル、機首を起こして水平姿勢になる。直接照準でミサイルをぶっ放すつもりか。来る。

（……今だっ）

わたしはほとんど後方を振り返ったまま（前方のミル24は機首上げ姿勢で逃げていくから、どうせ撃てない）、タイミングを計った。真後ろのミル24が、背後五〇メートルに迫りながら機首を水平に起こした瞬間、前へ向き直って左の出力レバーをアイドルまで絞り、思い切り両足のペダルを踏み込み、同時にスティックを思い切り前へ倒した。

「しゃがめっ！」

ぐがんっ

ふわっ、と身体が浮く。前方視界が一瞬で樹木だけになる。巨大な守護騎は、ダッシュの体勢から急停止し、樹林の中へ突っ込むように膝をついた。密生する大木がクッションにならなければ、そのままつまづくように前転して大地へ転がっただろう。

ズザザザッ

「――ぐっ」

急停止の衝撃。浮いた身体が前へ吹っ飛び、計器パネルに上半身が叩きつけられそうになるのを、ハーネスが伸び切って止める。

ばきばきばきっ

木々の中へ突っ込む摩擦音と大木をへし折る響きがして、一瞬、何も聞こえなくなるが頭上を数発のミサイルが擦過して前方へ飛び抜ける気配がした。続いてボトボトボトッ、とローター音を叩きつけて攻撃ヘリがすぐ頭上を追い越す。腹を擦るような近さ。

やった。

ヘリが前へ出た。オーバーシュートさせた……！　敵機を故意に追い越させ、自分の前方へ出させるのは空戦では最も難しい。

わたしは息を止めたまま、踏み込んだ両足をペダルから放し、右手のスティックを手前へ引きながら左へこじり、右の人差し指をトリガーを引くように握り込んだ。

ブンッ

機体が反応した。

守護騎は樹林の中で立ち上がりざま、右マニピュレータに握った剣を上向きに振り抜いた。青白く輝く剣は斜め上方へ弧を描き、追い越した直後の攻撃ヘリの尾をかすめた。

スパッ

わたしは、立ち上がる守護騎——樹木のてっぺんから上へ出たコマンドモジュールの全周視界で、ミル24の尾部ローターが吹っ飛び、尻尾をなくしたヘリがくるくる水平に回転しながら樹林へ突っ込む瞬間を目にした。

樹木が爆発のように飛び散る。

その向こうで、機首を上げて逃げていたミル24が、驚いたようにお辞儀して機首を下げる。間合い二〇〇メートル、この辺りにはさっきの爆煙は無いが——樹木に突っ込んだ機体が遅れて爆発を起こす。ボンッ、と火炎が立ち上がる。

「——はぁっ、はぁっ」

わたしは立ち昇る炎ごしに、最後のミル24を睨みつけた。

この位置関係では、レーザー照準は炎が邪魔して使えない。

通信手段など無いのは承知で、怒鳴りつけていた。

「まだ、やるかっ」

「まだわたしとやるか、こらぁっ」

すると
『それはアール人の言葉かね』

ふいに天井から、声がした。

6

『それはアール人の言葉かね。姫』

天井のどこかにあるらしいスピーカーから、ふいにその〈声〉が響くと。

（……！）

反射的に、わたしの背筋にぞっ、と冷たいものが走った。

この声——

ざらっとした舌に、首筋を嘗め上げられるような。

一瞬、操縦席でわたしは固まる。

どこから呼んでいる……⁉

前方視界では樹林が炎を上げ、一機残ったミル24の正面形はこちらを向いている。

その機影に重なって、オレンジ色の文字が浮き出て明滅する（機体の損害を知らせるメッセージなら、さっきから左右にたくさん浮き出ていたが、読み取る余裕もなかった。そのオレンジの文字はわたしの正面に出たのだ）。

〈COMBAT　TELEPHONIQUE〉

何だ。

（——対戦、通話……？）

そう読むのか。

『アヌーク姫、やはり自害は狂言だったようだ。君を見くびっていたよ』

「……!?」

どこかと、通信回線が開いているのか。

この気味の悪い低い声は、あの……。

「……デシャンタル男爵？」

『さよう』

声の主は、スピーカーの向こうのどこかでうなずいた。

あの仏語に近い言葉。

『今、君の目の前に滞空しているヘリコプターという飛行機械の撮像機を通し、君の機体を見ているよ』

「……？」

『傷の応急処置にいささか手間取ってね。目覚めてみれば、〈エクレール・ブルー〉が暴れているという。観戦すれば、いやいやなかなかの剣さばきだ。弟のシャンベリよりも、君が剣を取って私と戦った方が良かったのではないかね』

「……」

わたしは絶句する。

あの化け物なのか……？

いま「デシャンタル男爵か」と口にしたら『さよう』と答えた。

こちらの声が通じている。

（……⁉）

いつからだ。

何も操作していないのに。どこかと、双方向通信回線が自動的に開いたのか……⁉

わたしはコマンドモジュールの内部を見回す。いや駄目だ、前方の攻撃ヘリからも目は離せない。どうして通話が出来るのかなんて、考えている暇は――

『アヌーク・ギメ・オトワグロ』

男爵の声が、また呼んだ。

『君は、荒削りだが大した戦闘センスだ。護樹騎士団の幼年学校にも女子が入校する時代と聞くが――オトワグロ家では、君が二番目の虹彩認証登録者になるべきではなかったのかね』

「……」

何を言っているんだ。

だが、目をこする暇も無い。

(――――!)

何か来る。

開いたハッチからの冷気を通し、何かの気配が伝わって来た。

空気を震わせ、重量物が空中を急速に降下する気配……。

「……上かっ」

目を上げる。

頭上の、霧の中だ。上空から何か降下して来る――

ゴォオオオッ

それは、信じがたい光景だった。

自分だって今、巨大なヒト型の機体に乗って、それを操り戦っている。しかし外側から守護騎が動く様を見るのは、当然だが初めてだった。

まるで翅を広げた巨大ゴキブリ――

白い夜空から姿を現したシルエットは、長大な二枚の翅を背に展張し、ふわっ、と降下速度を減じる。わたしの視界の真正面を、樹林の中へ降りて来た。ミル24がバンクを取り、場所を空けるように横移動すると、その位置へ二本の脚で着地した。

ドシュゥウンッ

木々の枝が飛び散る。樹林に隠れているが、脚部のサスペンションが衝撃を吸収し伸縮したのだろう。巨大ゴキブリは、着地するといったんお辞儀するように沈み込んでから、姿勢を起こし直立した。

「――」

アグゾロトル、か……。

わたしは目を見張る。

山頂のキャンプに駐機していた奴だ。母艦〈ひゅうが〉のＣＩＣでも見せられた。

こいつが〈フェアリ２〉だ……。

あれに、あの化け物が搭乗しているのか。

炎上する残骸の炎に照らされ、黒光りする巨大ゴキブリは背中の翅をシュルッ、と畳んで格納する。どういう機構なんだ――？　甲羅を背負ったゴキブリそっくりのシルエットになる（ただし腕は二本、脚も二本だ）。

『美しいだろう、クク』

また声がした。

『この黒い流線型は建造されて二千年。芸術品だよ。クク』

声とともに、巨大ゴキブリは右マニピュレータを素早く動かし、みずからの肩口から長大な光る物を抜いた。一瞬のモーションだ。

ブンッ

（……剣⁉）

巨大ゴキブリの右腕。そこにわたしがこの機体に握らせているのと同じ、光る〈剣〉が出現した。

そうか。

ああいうふうに、自動シークエンスで――

いや。感心している場合ではない。

わたしは反射的に、右の人差し指で機の右腕に剣を構えさせる。正面の巨大ゴキブリに剣先を向ける。蒼白い輝き。さっきは攻撃ヘリの機体を、抵抗も感じさせず両断した。

（……あれで斬られたら。こっちはどうなるんだ――？）

分からない。

わたしは肩で息をする。

せっかく、この守護騎を奪って、盆地を脱出出来るところだったのに――目の前のこいつを倒さないと、脱出出来ないのか⁉

「く、くそ」

ひるむな、と心の中で何かが言う。

だが、どうやれば戦える。ヘリコプターを据え物斬りするのとは、わけが違うぞ……

気迫で負けていた――といえばその通りになる。

その時。

わたしは、前方の間合い二〇〇メートルに着地して剣を抜いた巨大ゴキブリと、どう戦えばいいのか分からなかった。

剣先を向け、相手の動きを注意深く見る。それしかない……〈ひゅうが〉で見せられた赤外線画像の動画では、〈フェアリ1〉（つまりこの機体）と〈フェアリ2〉は剣を抜いて戦っていた。

砲やミサイルに類するものは使っていなかったと思う。いや、あっても使わずに戦っていたのか……？

分からない。

（何か、遠方を射撃するような武器は⁉）

唇を噛む。

真正面の巨大ゴキブリ――アグゾロトルからも、右横へ移動してホヴァリングしているミル24からも、目は離せない。

本能的に、前方を見たまま左手の親指でスロットル――左の出力レバーの側面を触って探っていた。

これまでに乗ってきた戦闘機では、そこに兵装選択スイッチがついていたからだ。

と

「……⁉」

親指に、何か触れた。突起のようなもの。

これは何だ……？

だが

『固いが、いい構えだアヌーク姫。流儀にとらわれていない』

化け物男爵の声は言った。

すぐクク、と含み笑いが混じる。

『クク、そうか。やはり〈認証〉を取らずに操縦したか。ハッチが開いたままだ』

「……！」

目を上げ、真正面のゴキブリを睨む。

おそらく守護騎のモニターには拡大望遠機能があるのだ。どうやるのか分からないが、このコマンドモジュールのハッチが開いたままだと分かるのか。

ひょっとしてわたしの顔まで見える……？

（くそっ）

カチ
思わず、親指が触れた突起を、前方へずらすように動かしていた。

ピッ
何か、機構が反応した。

〈ＣＡＮＯＮ〉

モニターの目の前に、黄色い文字が出て二度明滅した。

キャノン……？　砲？　まさか。

わたしは、いま何を操作したんだ。

だが目をしばたたくと同時に、コマンドモジュールの左上――ヒト型機体の肩の辺りで何かカバーが開くような響きがした。機械式のシステムが動き、何かが押し出されて外側へ露出する。

ガシャッ

さらに〈CANON〉の文字が消えると、真正面の視界に二重になった緑の円環が浮き上がり、互いに反対方向へ回転する。その横に数字のようなもの。デジタルが激しく動いて、何か計測している……⁉

（これは――この機体の操縦システムは、まさか現代戦闘機と同じHOTAS《ホータス》概念で設計されているのか⁉）

〈LOCK〉

わたしは目を見開いた。

自動的にか、二重の円環は正面の巨大ゴキブリのシルエットに重なり、焦点を絞り込むように縮んで、〈LOCK〉というメッセージを表示した。数字も表示される。ローマ式の数字か、すぐには読み取れない。

これは。まさか砲のようなもので、あれをロックオンしたということか……⁉

離れた目標を、射撃する武器がある。

（では発射トリガーはっ）

どこだ。どこをどうすれば、肩口に露出させた砲が作動する⁉

だが

『ふはははっ』
操縦席を見回すわたしの思考を、高笑いが遮った。
『飛び道具かね。実力をわきまえた、よい選択だよ姫っ』
次の瞬間。
高笑いが止むか止まぬかというときシュッ、と正面視界で何か動いた。
「……えっ⁉」
わたしは目を見開く。
い、い、
消えた……⁉

黒い巨大ゴキブリが、消えた。

（いや）

どこかへ瞬間的に移動したのだ。あまりに疾くて、見えなかっただけ――

上だ。

勘が教えた。

「――わっ」

頭上へ視線を向けると同時に、右手が反応していた。黒い影が跳躍して、襲いかかって来る。着地点はここ――下がっては駄目だ、前へ……！

ぐっ

わたしはとっさに、サイドスティックを前方へ叩くように押すと、機体を前へ出す。同時に右ペダルを踏み込み、さらにスティックを右向きにこじった（感覚的に思わずそうしていた）。

ぐるっ

横G。視界が宙で、横向きに回転する。

守護騎の機体は前方へ一歩、地を蹴って跳ぶと同時に宙で右向きに振り向き、一八〇度後ろ向きになって着地した。

ズズンッ

そのすぐ頭上を、黒い巨体がかすめるように跳び越える——いやこちらが巨大ゴキブリのすぐ下をくぐったのだ。目の前に、黒光りする巨体が背中を見せて着地。

「——ふぬっ」

夢中だった。わたしは自分の機体（男爵は〈エクレール・ブルー〉と呼んだか）の両足が地を踏み締めると同時に、サイドスティックを前へ出しながら人差し指でトリガーを絞るようにスティックの前面を撫でた。

ブンッ

右マニピュレータが、黒い巨体の背中へ光る剣を振り下ろす。

だが
「えっ」

振り下ろした瞬間、黒い背中はそこに無い。

瞬間移動のように右横へサイドステップしたのだ――そう気づいた時には、〈敵〉の振り向きざまの剣がわたしの視野の右横から襲った。

疾い――くそっ！

スティックを右へこじりながら人差し指を右へこする。

巨大ゴキブリが振り向きながら繰り出す剣を、機体を右へ向けながら右マニピュレータの剣で受ける。それしか出来ない、精一杯だ……！

ガキィンッ
「な」

弾き飛ばされる……!?

この反発力――何だ、ただの金属の打ち合いと思えない、まるで強力な磁石同士が反発し合うような力が働き、わたしは、いやわたしの〈エクレール・ブルー〉は後ろ向きに吹っ飛ばされた。

駄目だ、倒れる。

「くそっ」

身体が浮く。スティックを一杯に前へ押し、両足を踏み込んでも駄目だ、視界全体が上から下へ激しく流れて止まらない……！

背中に地面が迫るのが分かる。一瞬後、背中から大地へ叩きつけられた。

ズダダッ

「ぐわっ」

シートに叩きつけられる。

目に星が散る。身体が動かない、いや動く、大丈夫だ失神はしなかった。右手でスティックを握る。仰向けに倒された機体を起こそうとするが
ガシィンッ
次の瞬間、凄じい力で、もう一度大地に背中を叩きつけられた。

「きゃあっ」

白い夜空が隠れ、正面視界が真っ黒に——いや黒い巨体が跳んで来て、この機体にのしかかり押し倒したのだ。

ずだんっ、と自分の背中がシートの背に当たって音を立てた。

激痛。

「――くっ」

『見事だ、姫』

低い声が、スピーカーから響く。それはわたしの正面視界にのしかかったゴキブリ頭がしゃべっているみたいな――

『このズーイ・デシャンタルが操るアグゾロトルの背中を抜き、大刀を振るうとは』

「くそっ、どけ」

『またアール人の言葉かね。君の母君は禁制地区の種族出身らしいが。クク、可愛い悲鳴だよアヌーク』

何を、言っている……⁉

駄目だ。両のマニピュレータも、両脚もまるで柔道の固め技をかけられたように動かない。そればかりか
カシンッ
どうやったのか、右マニピュレータに握らせた剣が、弾き跳ばされた。防大で柔道の教官に投げられた時と同じだ、何をどうされたのか分からない……。

「くっ」

さらにわたしは、目を見開く。

頭上に覆いかぶさったアグゾロトルの機体——大型機なのか、目でボリュームを測るとエクレール・ブルーの一・二倍くらいある——の昆虫のような胸部で小さな楕円の穴が開く。中から黒い人影らしきものが現れ、跳び下りる。こちらの胸部の上に着地。

「くそ」

何とか機体を起こそうとするが、駄目だ。

人影は体重が無いかのような素早さで、仰向けに倒されたエクレール・ブルーの胸部を跳ぶように走り、わたしの座るコマンドモジュールのすぐ外側へやって来た。膝をつき、何かの蓋を跳ね上げた。

(やばい)

あの半獣人だ……！　黒マント姿。鈎のような爪で、黄色いハンドルを掴む。

「やめろっ」

だが

ガシュンッ

半獣人は黒マントをなびかせ、立ち上がる。

もはやわたしの操るこの機体は、操縦系統がロックされたように、動かない。どんなにスティックを握って動かそうとしても、無反応だ。

「……！」

歩いて来る。

全周モニターに、半獣人が立ち上がってハッチの入口へ一歩踏み出す様子が映り、次の瞬間、外の様子もフッと消えて球体の壁に戻った。

モニターが死んだ。

（やはり、緊急救助用のハンドルを引くと、全システムがロックされるのか……！）

ウォンウォンという機関音も低くなって止み、赤い非常灯のような弱々しい明るさだけになる。

はっ、と気づいてわたしは両手でみぞおちの円型バックルを掴み、身体を固定していたシートベルトとハーネスを外しにかかる。

奴は、入って来るつもりか。

後席にのけぞったままの娘を、ちらと振り返って見た。

この子が自害した時と、同じシチュエーションか……⁉

コツ
斜め上のハッチ開口部で、足音。

「！」

わたしは外したハーネスを上半身から払いのけると、操縦席から身を起こす。あちこちに痛みが走るのを、顔をしかめてこらえ、支柱に支えられた操縦席から飛び降りた。

直径三メートルの球の底へ。

どさっ

「うっ」

脚が痛い、とは言っていられない。

球の底には黒戦闘服の戦闘員と、大型犬が一頭、倒れたままだ。

わたしは犬を貫いている剣と、黒戦闘服の男の腰の装備を見た。

迷わず、戦闘服の腰ベルトにホルスターで装着されていた軍用拳銃に手を伸ばす。

掴んで、外し取る。

チャッ

型式は分からない、だが安全装置付きの自動拳銃だ。親指でセーフティを外し、遊底を手前に引いて、薬室へ弾丸を送り込む。

銃口を向けるのと、ハッチの開口部から黒い大型コウモリのようなものがバサササッ、と跳び込んで来るのは同時だった。

「……！」

ためらい無く、トリガーを引き絞った。

パンッ

「うわははは」

翻る黒マントの、どこかに当たったか。

分からない、コウモリが羽ばたいているようで急所が見えない。わたしは構わず、侵入して前席に覆いかぶさった黒マント目がけ、トリガーを連続して絞る。

だが

バサッ

風が起きる。黒マントは支柱の向こう側を跳ぶ。コウモリが羽ばたくようにシルエットがぶれる――そう感じた瞬間。

（……⁉）

つん、と鼻を突かれる臭いがした。

同時に頭がくらっ、とする。

な、何だ――

マントが羽ばたく風とともに、刺激臭が顔を襲ったのだ。

（これは……ガス⁉）

やばい。

何かのガスか。思わず呼吸を止めようとする。

しかし駄目だ、息が上がっていて止められない。吸い込んでしまう——

途端に
くらっ
世界が傾き、上と下が分からなくなる。

右肩に、何かぶつかった。いやわたしが右向きに球の底へ倒れたのか……⁉

身体の感覚がなくなり、目しか動かない。横向きの視界に覆いかぶさるように、黒い影が両腕を広げて迫る。

あの半獣人だ。長身。その顔面に、ガスマスクのような物。

右腕の拳銃を、何とかして向けようとするが。

（……腕の感覚が）

やられた。

（……くそっ、食われるくらいなら、いっそのこと）

だが拳銃を握る手の感覚もない。

ククク、という半獣人の声が耳に近づくのを感じながら、意識が薄れた。

第Ⅱ章　天安門の決闘

1

（――！）
意識が戻った時。
最初に感じたのは頬に当たる柔らかい感触――布地の肌ざわりだ。
明るい……？
まぶたに光を感じ、うっすら目を開ける。
「う」
何だ、ここ……。
目をしばたたく。
この匂いは何だろう。
目の前は白い。わたしはどこにいる……？　さっきの球の底より、ずっと明るいが
……眩しいほどではない。横向きの視界が像を結ぶ。
（何だ、ここは）
思わず右手を握り直す。しかし手にしていたはずの拳銃のグリップが無い。代わり

に指に触れるのは、柔らかい布地だ。まるで上質のシーツのような――

「お目覚めでございますか」

背中で声がした。

あの化け物とは極端に違う。可愛らしい声。

（……！）

横になったまま、軽い眩暈を覚えた。

女の子だ。

わたしは白い枕に、片側の頬をうずめていた。シーツの向こうは石造りの壁と、柱。目で素早く探ると、天井は高い。この空間は……？　建物の中だ。教会のドームのような造りの天井から、骨董品のような大型シャンデリアが下がっている。ここは

――


「お目覚めでございますか、姫様」

また声がした。


声の方へ、寝返りを打つ。シーツの中で手と脚がスルッ、と動いた。

下着だけになっている。

寝台の中にいる……？

身体の向きを変えると。

石造りの壁に囲われた空間（部屋というよりも空間だ）。五メートルほど離れて、金髪の女の子が一人。

（……メイド？）

青い目だ。何か作業をしていたのか、両腕に白いリネンを山のように抱え、驚いたような表情でこちらを見る。

その立ち姿は、昔のヨーロッパ世界を描いた映画に登場するような――

目をこすった。

「？」

指に石けんの匂いがする。いつ洗った……？　いや、いったい誰が洗ってくれた。誰が、わたしの身体――

（――はっ）

慌てて、身を起こす。

あの半獣人が、覆いかぶさって来たのだ。あれから何をされた……!?

柔らかいシーツの中で上半身を無理やり起こすと、また眩暈が来る。

「うっ」

「姫様？」

わたしの、身体……⁉

顔をしかめ、両手で全身のあちこちを触る。何をされた？

「姫様、いかがなさいました」

「――はぁ、はぁ」

肩で息をする。

少なくとも、食われてはいない……。

(あの化け物、どこだ)

素早く見回す。

だが半獣人の姿はない。気配もしない。

「やつはどこだ」

「姫様？」


呼ばれて、思わずメイドを睨むと。

青い眼の少女（十五歳くらいか）は「きゃ」と小さく悲鳴を上げ、両腕に抱えたリネンをどさどさっ、とおとしてしまう。

「あ、あの、しょうしょうお待ちを」

メイドは、おびえたように一礼すると、あの言葉（仏語に近い、半獣人と同じ言語）で「お待ちください」と繰り返し、背中を向ける。

空間の奥の壁に、白い両開きの扉があり、メイドの後ろ姿はその向こうへ消える。

パタパタと足音が遠ざかる。

（――）

わたしは、あらためて周囲を見回す。

寝かされていたのは、寝台の上――白い絹のようなシーツと枕と羽根布団の中だ。

装飾のある壁に囲われた、ここは……。

（何だ）

宮殿……？

まさか。

でも、そんな印象だ。この広さ。金箔の張られた壁といい……。前に出張で渡仏したときベルサイユ宮殿を見た。行列して見学した宮殿の内部の居室に、まるでそっくり――

（何だここは）

どうして、こんなところに。

わたしは守護騎のコマンドモジュールにいて、攻撃ヘリと戦い、あのアグゾロトルとかいうゴキブリ頭と格闘して機体ごと押し倒され、そして……。

夢を見ているのか。

いや、身体を動かそうとするとあちこちが痛い。

「夢じゃない」


眩暈をこらえ、立ち上がると。身体の周りで白い布がふわっ、と踊る。

(何を着せられている……?)

下着だけにされているのかと思ったら、違う。裸の上に、白いシルク素材のようなふわふわの、長いケープのようなものを着せられている。

「おい」

姫様……?

あのメイドは、わたしをそう呼んだ。

「どこへ行ったんだ、あいつ」

空間の奥の、半開きの扉(白い木製のようだ)。

さらに見回すと、反対側の壁は天井から床まで窓だ。白いレースのカーテンがかかっている。さっきから白っぽく明るいのは、そこからの光か。

(いつ、昼になった……?)

身体はまだあちこち痛むが、顔をしかめながら寝台を下りた。

「う」

素足が冷たい。大理石の床か。

ここはどこなんだ……？

雲南省の山岳地帯に、こんな宮殿の内部のような場所があるわけは――

白い光の方を見やる。

外の様子は……？

「――」

ぺた、と冷たい石の床を踏んで、窓というか、高い天井から足元まですべてガラス張りになっている場所へ近づく。劇場の緞帳みたいなサイズのカーテンが下がっている。

うっすらと、窓の外側にバルコニーがあるのが見える。

（……!?）

カーテンを少しめくって、息を呑む。

何だ、ここは……。

バルコニーの向こうは、白い霧に覆われた広大な空間だ。平坦な広場のような――

数百メートルを隔てて、霧の奥に赤いものがちらほらと見える。

「……ここは」

つぶやきかけた時。

「ティエンアンメン・グァンチャンでございます。姫様」

背中で、別の声がした。

振り向くと。

半開きの扉を背に、ほっそりしたシルエットが立っている。白い服に、黒髪。

誰だ。

縁なしの眼鏡。先ほどのメイドよりは年かさだが、少女だ。

裾の長い白い服は、わたしのようにふわふわではなく絞られたシルエット（木綿だろうか）。長いストレートの黒髪を、背中で一つに結んでいる。

（……桜蔭《おういん》の寮にいたな、こういう感じ――）

十七くらいの子か。高校時代の記憶が蘇る気がして、軽い眩暈を覚えた。もちろん目の前に立っている少女は日本の女子高生ではない。勉強の出来る子特有の、まっすぐな目をしているが――縁なしレンズの下の瞳は青い。

「姫様は三日間、お眠りになっていました」

少女は言う。

「クワラスラミ家の医官から『生命に別状ない』と聞かされましたので、次の間でお目覚めを待っておりました」

「――」

わたしは、はきはきと話す白い顔を見返した。

何を話している……？

真剣そうな表情だ。

「よくぞ、ご無事で」

この子は誰だ。

「あなたは？」

訊き返すと。

白い顔の少女も「？」と見返して来た。

何を訊かれたのか、分からない――という表情。

この子は、わたしのことを知っているつもりか……？　さっきのメイドと同様『姫様』と呼んで来た。何のことだ。

ふと

――『アヌーク姫』

ふいに半獣人の声が蘇った。

「う」

また軽い眩暈がする。

――『アヌーク姫。やはり自害は狂言だったようだ』

顔をしかめ、額に指を当てる。

そういえば……あの化け物も、わたしのことをそんなふうに。

（そうか、コマンドモジュールの後席で自害していた……）

わたしにそっくりだったあの娘。アヌークというのか。

どこかの貴族家の息女か。

「姫様、ご気分は」

白い服の少女は、歩み寄って来た。

大理石の床に、乾いた足音。翻る裾の下は、サンダルのような白い履物だ。細い足首の片方に、黒い輪のようなものが嵌まっている。

「ご気分が優れませんか？　でも、ここの医者はみなクワラスラミの手の者ですから、呼びたくないのです」

「え」

「姫様」

少女は目の前に来ると、わたしを見上げた。

唇を強く結んでいる。

「よくぞ、よくぞお戻りを。わたくしたちのもとへ」

「え？」

「わたくしは――」

強く唇を結んだ少女の目から、透明なものがあふれた。

ふいに気丈そうな顔つきが崩れる。

「――リンドベルは嬉しいです」

「えっ」

少女がいきなり抱きついて来たので、驚いて半歩、後ずさった。

背中にカーテンが触れる。

いったい。

何が起きている……⁉

少女を抱きとめた。少女は、わたしの口元に秀でた額が触れるくらいの背丈。細腕でわたしに抱きつき、思わぬ強い力でしがみついて来た。

「た、たとえ」

少女はわたしの胸に顔を押しつけ、しゃくり上げた。

「たとえ誰が何と言おうとも。姫様が生きて、わたくしたちのもとへお戻り下さった。リンドベルは嬉しいです」

リンドベル――

泣いている、この少女の名か。

「ここはどこなの？」

震えるようにしゃくりあげる少女の上半身を抱き返して、わたしは訊ねた。

取り合えず情況を把握しなければ。

「教えて。わたしが覚えているのは、守護騎の操縦席で、気を失って――それから」

「ここはベイジンです」

少女は顔を上げ、わたしを見返した。

ベイジン――北京語で『北京』だ。

「それじゃ――」

「外の広場は、ティエンアンメン・グァンチャンです」

少女は、仏語に近い例の言葉だが、地名は北京語で言う（おそらくオリジナルの発音で場所の名を教わったのだろう）。

ティエンアンメン・グァンチャン――そのくらいの中国の地名はわたしにも分かる。

天安門広場だ。

「ごめん」

わたしは、しゃくりあげる少女を柔らかく引きはがすと、窓を振り向いた。

緞帳のようなサイズの白いカーテンを、手で払う。

（この霧――盆地の靄じゃない、大気汚染か）

白い視界を透かして、数百メートル向こう――横に長い巨大な建物と、赤い旗か文字のようなものが見え隠れする。

あれは――

資料写真で見た憶えがある。確か、人民大会堂だ。中国の国会議事堂だ。

ＴＶにも良く出て来る。毛沢東の肖像画が中央にかかっている巨大構造物だ。右方向へ目を転ずると、白い霧の奥に、朱色の構造物の影がうっすらと浮かぶ。

（あれが紫禁城……？　大気汚染、ひどいな）

PM2・5という単語を思い出す。

空気の汚染のため北京は観光客が激減して、首都空港の交通量が最盛期の半分近くにまで減ったという（いや、民間航空の交通量の減少は、経済の減速も影響しているらしい。バブル崩壊と大気汚染の相乗効果でビジネス客も観光客も減っている）。

少女の言うとおり。

ここは本当に北京のようだ。

天安門広場を見渡す、巨大な石造りの建物の中だ。

「わたしは」

少女を振り向いて、訊いた。

「何日、寝ていたって……？」

「エクレール・ブルーが、アグゾロトルに吊るされて運ばれて来たのが、三日前の深夜です」

少女――リンドベルと言ったか――はうなずく。

「真夜中の霧の中を、この宮殿の中庭へ降ろされて――あの」

「？」

「皆を呼んで来ても、よろしいでしょうか。姫様」

「皆……？」

2

「皆――って？」

聞き返すと。

白い服の少女は、入口扉を振り返った。

寝台が置かれているから、ここは寝室なのだろうが――部屋の奥行きも天井の高さも、普通のホテルなどの数倍はある。天安門広場の横に、こんな石造りの巨大な建物があったのか……。

「キルクが、『何だか姫様は変わってしまわれて怖い』って。でも守護騎を駆ってデシャンタル卿と戦われたのだもの。少しくらい感じが変わるのは、無理もありませんん」

少女は言うと、半開きの扉へ手で合図をした。

扉の陰でこちらを窺っていたのか。パステルカラーの人影が現れ、次々に入って来る。みんな小柄で細い。十人くらい――

「生き残ったオトワグロ家の女官見習いと、メイドたちです。十一人です。わたくしを含めて」

「……」

生き残った……？

どういうことだろう。

「領主様が倒れ、姫様とシャンベリ様がエクレール・ブルーで出られた直後、第八ヌメラエントリには敵の軍勢がなだれ込み、家臣も家職もほとんど殺されました。オトワグロに仕える者で生き残っているのは、わずかにわたくしたちと」

そこまで言いかけ、少女は唇を噛む。

どうした――？

オトワグロ家……？

第八――何と言った？　よく聞き取れない。

少し離れて立ち並ぶ娘たちを見やると。みな十代の半ばか、大きくても日本でいう高校生くらいの歳の感じだ。服装は古風なメイド姿か、あるいはリンドベルと名乗った少女と同じ、白い簡素な木綿の服。

全員が、片方の足首に黒い輪のようなものをつけている。あれは何だ。

（……おびえている？）

娘たちは、五メートルほど離れて横一列に並び、こちらを窺う様子だ。見ても、視線を合せて来ない。わたしを恐がっているのか、あるいは――

「でも」

口を開いた少女――リンドベルの声音が、わたしの思考を遮った。

「姫様はこうして生きておられた。エクレール・ブルーと共に戻って来られた。あの機体の傷は、どのような凄じい戦いの末のものか、わたくしには想像もつきません。でも生きて、切り抜けて来られた。姫様とエクレール・ブルーがある限り」

「？」

リンドベルが声の調子を強めたので、思わずその横顔を見る。

少女は、微かに肩で息をしている。白い気丈そうな横顔は、皆に向かって「しっかりしろ」と言っているようだ。

「オトワグロ家はある。わたくしたちは囚われて、みなうちひしがれていたけれど。姫様と守護騎が生き残って、ここにある。こんなに勇気づけられることはありません」

強い声音に、反応したように。

まず十人の中で中ほどに立っていたメイド姿の子が、顔を上げた。青い目に、光るものがあふれる。すすり上げながら顔をくしゃっ、とさせる。

「ひ、姫様」

その子が声を上げ、駆け出すと。

十人全員が、わっと駆け寄ってきた。みんな泣いている。

（い）

いったい、どうしたんだ……!?

戸惑う暇もなく。わたしは駆け集まった女の子たちに一斉に抱きつかれ、後ろ向きに倒れそうになった。

「姫様」

「姫様、姫様っ」

「怖かったです」

「お会いしたかったですっ」

踏みとどまって、しかたなく、抱きついてきた子たちを受け止める。

（……あの自害した子）

わたしは思い浮かべる。

あの後席にいた娘は。

どこかの世界の貴族家の姫で、家来の子たちにこんなに慕われていた……？

そういう人だったのか。

戸惑うまま、白い服のリンドベルを見ると。

「三日前の深夜、エクレール・ブルーが運ばれて来た時。わたくしたちは出迎えを許されましたが、中庭に降ろされた機体の損傷がひどかったので、みんな恐がったのです」

少女は話してくれる。

「でも操縦席のハッチが開かれ、気を失った姫様が運び出されて来ると。わたくしは、怖がっていてはいけないと思いました。皆を励まして、輪つき寝台にお乗せして、お身体を清め、寝室に――」

だがそこまで言いかけた時。

開いたままの扉の向こう（通路のような空間があるのか）から、足音が聞こえてきた。反響する。一つや二つではない、どこかから角を曲がって、隊列がやって来る気配だ。

「――！」

リンドベルの白い頬に、さっと青ざめるような色がさした。

同時に十人の娘たちも、びくっとした動作で扉を振り向く。

「姫様」

「姫様っ」

しがみつく子もいる。

何だ……?

「姫様、あいつらです」

リンドベルも、扉の方を睨みつけるようにして言う。

「クワラスラミの手の者」

「……?」


両開きの扉を、まず小走りにやって来た二つの人影が、さらに一杯に開く。

その二人の男の風体を見て、わたしは目をしばたたいた。

(……!)

何だ、この格好――

白人のようだが、まるで中世ヨーロッパを描いた映画に登場する『兵隊』だ。光る金属の兜、腰には長剣。赤と金色の派手なコスチュームだ。

二名の兵隊は、左右に扉を開き切ると、後から来る者に対してか、深々と礼をした。

続いて、カチャカチャと金具が互いに当たるような響きと共に、ゴッツ、ゴッツという重たいリズミカルな足音(足音なのか?)が大理石の床を伝わって来る。

何だ……。巨大な石造りの建物の中で、まさか馬でも引き回しているのか……?

妙な臭いが漂って来る。ハッハッという呼吸音までして来る。

「……ひ⁉」

扉の開口部は天井まであるので、高さはおよそ三メートル以上か。

そこへ、いきなり灰色の鳥の脚のような物がニュッ、と現れると大理石の床をゴッッ、と踏みしめた。馬とは明らかに違う、リズミカルな大股で巨大な何かが姿を現した。

ゴッッ
フゴゴッ
「な」

何だ、これは……⁉

わたしはのけぞりそうになるが。

恐がる女の子たちが、わたしの背中へ「わっ」と隠れようとするので、かろうじて踏みとどまる。

「ヴェ――」

ヴェロキラプトル……⁉

その姿に、目を見開いた。

(……恐竜じゃないか)

見覚えはある。

これは。恐竜だ……。馬くらいの大きさ。小さい頃に映画館で見た。確か〈ジュラシックパーク〉という恐竜の出て来る映画で、一番凶暴だった小型肉食竜――子供心に凄く怖かった。こんなのに、本当に襲われたらどうしようと思った。

CGではない。本当に動いてる……。

あの映画と違っているのは、扉の向こうでフゴッ、と不満そうに鼻息を荒げる小型竜には口が開かないように金網のマスクがされ、手綱が掛けられている。まるで儀典に使われる馬のように、赤と金の装飾が首から胴体にかけて巻かれ、背中には鞍が置かれて人間が乗っているのだった。竜は『止まれ』と命じられたのか、身体をそらすようにしてそこに止まる。

磨かれた黒の乗馬ブーツが、鐙《あぶみ》を踏んでひらり、と降りて来る。

兵の一人が後ろから走って来て、すかさずその靴の下に踏み台を置く。

コツ
大理石の床に降り立ったのは、長身の男だ。

「――」

だがわたしは、また目をしばたたく。

さらに妙なものを見た。

小型竜の鞍から降りて来た長身――それは乗馬をする中世ヨーロッパ貴族のようないでたちだが、顔が東洋人なのだ。おそらく二十代、若い容貌で整った顔だちは映画俳優のようだが――白人ではない。

（何だ、こいつ）

腰に剣をさす男の姿は、映画か舞台で西洋騎士の役をする中国人、という印象だ。

ふふ、と男は室内を見回して顎を上げ、笑った。

男の背後で、小型竜がフゴゴッ、と息を荒げる。すかさず数人の兵が駆け寄って来て、周囲から手綱を掴んで引いて止める。

その数人の兵の中に、中世ヨーロッパ風のコスチュームでなく、人民解放軍の深緑色の野戦服を着た兵隊も混じっている。

何なんだ、これは……。

やがて、さらに足音がたくさん響いて、大勢がやって来た。ちょうど時代劇で、領主の馬の後から家来たちが列をなして続く感じか。

扉の向こうに、小型竜を挟んで左右に兵隊がざざざっ、と並ぶ。竜から下りた長身の男の背後に、その家来が控える感じだ。赤と白の派手なコスチュームと、人民解放軍の地味な野戦服が半々か（凄く、見ていて変だ）……。

最後に、長い裾を翻して薄紫のドレスを着た女（同色の頭巾とマスクをしている。あの『翔空艇』の中にいた女医に似ている）。そして兜や剣はつけていない、貴族家の家臣という雰囲気の若い男。こちらは白人で、美青年だ。

その青年を目にするなり、リンドベルが険しい表情になる。

「裏切り者」

小さくつぶやくのが聞こえた。

銀髪の美青年も、不可解な挙動を見せた。入室して、わたしの顔をちらと見るなり、険しい表情で睨んだのだ。

（……？）

何だ。

だがそれも一瞬のことで、美青年は海外ドラマに登場するニューヨークのやり手弁護士みたいに、リンドベルの方へ視線を向けて目で笑った。

リンドベルは、今にも青年に飛びかからんばかりに睨みつけたが。居並ぶ兵隊や長身の中国人を見やって、自制するように肩を上下させる。

どうしたのだろう――？

「さて、アヌーク姫」

正面に仁王立ちした乗馬服の男が、まるで家来たちが背後に控え終わるのを待っていたかのように、口を開いた。右手に握った乗馬用の鞭で、左の手のひらをパンと叩く。

にや、と笑った。

「よくぞ目覚められた。初めてお目にかかるな。俺は鍔趙真《ガクチャウシン》。中華人民共和国共産党中央委員会常務委員だが、現在は客分として、ミルソーティア世界随一の真貴族・クワラスラミ公爵家の筆頭武官を兼任している。間もなくミルソーティアから征服府の使者が訪れれば、名誉子爵に叙せられる予定だ」

「……？」

言葉は、だいたい分かる。

だが言われている内容（わたしに向かって言っているらしいのだが）はさっぱり分からない。

いきなり目の前に現れた、中国人の若い男――

何者だ。

わたしと歳も違わない……。

「姫よ。この国で太子党と言えば」

俳優のような、見た目は格好いい中国人は続けた。

「共産党幹部の子弟であり、実力もないくせに自分たちをこの世の支配者みたいに勘違いして威張り腐っている馬鹿どものことを言うのだが」

「……？」

「俺だけは違うぞ。ふふ」


フゴゴッ、とまた小型竜が息を荒げ、男の背後で暴れようとする。二種類の軍服の兵たちが綱を引いて、動かないようにする。

「異文化を取り入れ、自分のものにする。重要なことだ。この国の隣には小日本という生意気な国があるが、そこの連中は百年以上も前、西洋文明をいち早く取り入れて強くなった。一方、当時大陸を支配していた満州人どもの清は、それを怠って小日本に負けた。俺は歴史を勉強している」

「……？」

「見ろ」

男——昔の西洋貴族のようないでたちの中国人の男は、自分の衣服と、背後で暴れようとしている小型恐竜を指した。

「いま次元を異にする地球——ミルソーティア世界との交流が、四千年の隔絶期を終えて再び始まろうとしているのだ。いち早く何でも取り入れ、習い、自分のものにすることで強くなる。俺はこの通り、軍竜にも乗ってみた。乗れるようになったぞ。ふふ」

ふふふ、と男は得意げに笑う。

あまり好きな笑い方ではない。

「姫、これからそなたに譲ってもらう守護騎という機動兵器についても、同じように乗りこなして見せよう。楽しみだ」

「……!?」


何を言う？

思わず、見返すと。

横の方から薄紫の裾を翻して、マスクをした女が近寄って来る。

「卿に謁見の前、身体の検査を」

すると今までどこに隠れていたのか、二つの白装束の影がシュッ、シュッと女の後ろから跳ぶように現れると、わたしの前に片膝をついた。

「う」

思わず、のけぞる。

こいつらは。

あの山中の化け物の館にいた……。

わたしの後ろで、十人の女の子たちが小さく悲鳴を上げる。

あの時と同じ二人なのか、それは分からない。黒猫の電撃で倒したはず——

（いけない、わたしが恐がっては）

成り行き上、自分は頼られている。

女官の見習いや、メイドと言った。女の子たちは、わたしのことをエクレール・ブルーの後席で死んでいたあの白い服の娘——アヌーク姫と思い込んでいるのだ。

いや、思い込んでいるのは、背中にしがみつくようにしている子たちだけではない。

「姫。お手を」

忍者のように顔までを布で包み、目だけ出した白装束（体格や声からは男なのか女なのか分からない）はわたしに腕を出すよう促した。その手に、細いガラス管。

うろたえては、背中の子たちが余計に恐がる。

身体の検査と言った。危害を加える意図はないだろう、わたしは白いふわふわの衣装の袖をまくり、左腕を出す。

白装束の手が動く。

チク、と痛みが走るが、一瞬後には白装束の手に、赤い筋の入ったガラス管が握られている。

「お血液、頂戴しました」

二名の白装束が一礼して、下がって消えると。

入れ替わりに、どこからかもう一つの白い影がシュッ、と現れた。薄紫のドレスの脇に膝をつき、小声で何か告げた。

ふむ、と女がうなずく。女は頭巾とマスクで、外からは灰色の目しか見えない（高齢のようだが、バレエダンサーのように姿勢はまっすぐで端正な感じだ）。

「クワラスラミ卿が、姫の目覚めを耳にされ、今よりすぐお会いになる」

かすれた声で、周囲に宣言するように言った。

ざざっ、と赤と金の中世風コスチュームの兵たちが威儀をただす。

何だ。

同時に、わたしの背中にしがみつくように隠れている女の子たちが、その名を聞くなり震え出すのが分かった。

横で、リンドベルも唇を噛み締める。その頰が青ざめている。

（クワラスラミ――卿……？）

わたしは眉をひそめた。

さっきからよく出て来る名……。
真貴族、と言ったか。
あの化け物の半獣人もみずからを指し『準真貴族』とか呼んだ。
いったい――

3

(真貴族、クワラスラミ卿……?)
何物だ――
だがその時。
わたしの思考を、通路を駆けて入室してきた足音が遮った、
深緑の軍服（兵隊ではなく将校）だ。人民解放軍の若い将校が早足でやって来ると、
空間の中央に立つ長身の中国人に駆け寄り、何か耳打ちした。
発音によれば『ガク』という名字らしい中国人の男（わたしから見れば大男だ）は、
報告を聞き、うなずいた。
「そうか。来たか」
大男は一瞬で目つきを鋭くし、横目で呼んだ。

「第六紋章官、ヴァン・テ・アイスレー」

すると

「はっ」

脇に控える銀髪の美青年が、胸に右手を当てて一礼する。

「これにございます」

ヴァン・テ・アイスレー……？　それが青年の名か。

中国人の大男も青年も、二十代で似たような年齢――つまりわたしとあまり変わらない。でも本物のアヌーク姫は、おそらく二十歳になるかならないかだったろう。

「アイスレー」大男は続けた。「たった今、雲南省で〈回廊《コリドー》〉が開いた。間もなく第八ヌメラエントリから次元回廊を経て、翔空艇がやって来る。征服府の使者が来るぞ」

「はは」

何を興奮している……？

中国人の大男は、鼻息を荒くしている。その音がここまで聞こえる。

（……？）

ちらと横を見やると。長い黒髪のリンドベルは、うやうやしく礼をする銀髪の美青年を睨みつけている。まるで肉親の仇《かたき》みたいに――

仇。

そう言えば。

だが
「アイスレー」

大男の声が、またわたしの思考を遮る。

「征服府へ提出する財産譲渡の手続き書類は、用意してあろうな？　使者が着けば、すぐに譲渡式だ」

「はは」また青年は礼をする。「すべて用意してございます。チャウシン様」

「機体の虹彩認証の書換えというのも、出来るのだな？」

「書類が完備しており、征服府の係官が来れば」

「よぉし」

大男は、鼻から息を吹くと両手の指をぽきぽきと鳴らした。

「アヌーク姫」

いきなり、ぎろりと見られた。

（――!?）

な、何だ。

わたしは、背後でおびえる女の子たちをかばうように、仕方なく踏みとどまって大男を見返す。

くそっ。

これから、何が始まる……⁉

「そなたは家来に慕われる、気丈な姫と聞いている。家来思いでもあると」

言いながら、大男は右手を上げ、人差し指を立てた。

（……？）

それを合図に、小型恐竜の両横に立ち並んでいた二種類の軍服の兵たちが、一斉に動いた。雪崩のような足音とともに、わたしと背後にかばう少女たちを、両脇から挟むようにたちまち取り囲む。

金属音がして、一斉に剣が抜かれ、小銃が構えられた。

剣先と筒先が、わたしと少女たちに集中して向けられる。

何をする……⁉

「姫様」

「姫様っ」

十人の女官見習いとメイドの子たちが背中にしがみつく。

リンドベルはわたしと並んで、向けられる剣先と銃口の放列を睨み返す。

「ちょっと」

わたしは大男を睨む。

「女の子十二人を相手に、ずいぶん大仰じゃない」

だが
「これ以上、家来を殺されたくなくば。素直に署名に応じることだ」

大男は顎を上げ、わたしを見下ろして言う。

「……署名?」

訊き返す。

何のことだ。

横でリンドベルが、さっと気色ばむのが分かるが
「皆の者」

薄紫の女のかすれた声が、遮るように響く。

「姫を謁見《えっけん》の間へ。輿《こし》をもて」

すぐ数名の兵が反応し、外の広場を望むベランダへのガラス扉を開きにかかる。

ヴンヴン――

ガラス扉が蛇腹のように畳まれながら左右へ開かれると、外の冷気とともに低い唸りのようなものが伝わって来た。

ヴンヴンヴ
（何だ……う？）

振り向いたわたしは、思わず目を見開く。

舟が浮いてる……!?

いつの間にか、そこに流線形の物体が浮いている。

何だ、これは。

驚くわたしに
「姫よ」

背後から大男が呼んだ。

「この期に及んで、そなたが万一、自害など企てれば。わかっておろうが」

大男がずい、と近寄る気配とともに「きゃあっ」と悲鳴が沸く。

わたしの頭越しに、腕が伸ばされる。大男がメイドの子の一人を、まるで猫の首根っこでもつかまえるみたいに掴み上げた。

きゃぁあっ、と少女たちの悲鳴。

「な」

「姫。そなたが妙な真似をすれば、そのたびに娘たちを一人ずつ殺す」

わたしを見下ろし、大男は告げた。

「……⁉」

「よいな」

「よ」

よいな——って、一方的に言うな。

戸惑う暇もなかった。

シュッ、と衣擦れのような音がすると、すぐ横に白装束の一人が片膝をついている。

「——輿にお乗りを」

「え」

「お乗りを」

くぐもった声で、ベランダの上に浮いて滞空している、三日月のような形の小舟を指した。

浮いている。

イタリアの水上観光地で客を乗せるゴンドラよりも、少し大きいサイズか。

舳先と、後尾の船頭の乗る位置に二名ずつの兵士。もちろん解放軍の兵ではなく、赤と金のコスチュームだ。姿勢を正して立っている。

あれに乗れ、というのか。

どこへ連れて行かれる……？

「お乗りを」

白装束は促す。

前に山中の館で、同じ種類の忍者のような白装束が、わたしの前で羽虫を一瞬でつまみ取って潰して見せた。目にもとまらぬ体術を使う連中――

背中では少女たちが、『行かないで』と言わんばかりにしがみつくが。

一方では、大男が小柄なメイドの一人を掴み上げたまま（左手一本でぶら下げている。凄い膂力《りょりょく》だ）、にやにやと見下ろす。

リンドベルが大男を睨み上げるが、黒髪の少女が動こうとすると光る剣先が何本も、すかさず鼻先に突きつけられる。

（――くそっ）

大男も、目で『乗れ』と促す。

ばたばた暴れるメイド。襟が喉に食い込み、息が出来ないのか。ひぃいっ、とかすれた悲鳴。

くそっ……。

わたしは、大男を睨みながら、後ろ向きにバルコニーへ一歩、裸足の踵を踏み出す。

「姫様っ」

リンドベルが振り向いて、わたしのケープの袖を掴もうとする。剣先がチャッ、チャッと少女の喉元に突きつけられる。それでも少女はわたしを止めようとする。わたしの足元にいた白装束が、腰の中剣に手をかける。

まずい。

その時。

「お待ちください」

声がした。

あの美青年だ。

「レプティス様、少しお待ちを。大事なことがございます」

(!?)

目を向けると。

レプティス、と呼ばれて薄紫の女が青年を見やる。

「何か、アイスレー」

女が応じると、兵も白装束も動作を止める。

待て、と青年は言った。

わたしも足を止め、そちらを見る。

中国人の男は別として、薄紫の女は地位が高いのだろうか。赤と金の兵たちも皆、青年と女のやり取りに注目する。

大男が無造作にメイドを降ろす。倒れ込んで「けほけほ」と咳き込む小柄な女の子を、ほかの子たちが助け起こし介抱する。

「首席医官レプティス様には、まこと些細なことではありますが」

銀髪の青年は、うやうやしく頭を下げながら言う。

「そこなアヌーク姫は、間もなく財産をすべて譲渡し、消えゆくとはいえ。由緒あるオトワグロ子爵家の第一公女でございます。寝巻姿のまま、クワラスラミ卿の御前に引き出すのはいかがなものかと」

するると
「フン」

レプティスと呼ばれた女（やはり女医なのか）は、顎を上げ、見下ろす目つきをする。頭巾と、大型のマスクで顔を覆っているので目の表情しか窺えない。

「アイスレー。元の雇い主に、情が移ったか」

「滅相もありません」

青年は胸に手を当てたまま、深々と頭を下げる。

「有難くも、いま私は、クワラスラミ公爵家に第六紋章官として召し抱えられる身。もはや消えゆくオトワグロ家に何の未練もございませぬ。それればかりか、第八ヌメラエントリが一刻も早く征服府の仮管理の下を離れ、クワラスラミ卿の支配下に入ることを心待ちにしております」

「では、どうしろと」

「提案がございます」

「提案?」


「――」

「――」


全員が注目していた。

美青年の声は、天井の高い空間に響く。

怜悧な話し方で、大声ではない。しかし女医が注目しているせいで、この場の全員も動作を止め、視線を向けている。

「聞きますれば」青年は続ける。「間もなく、翔空艇で次元回廊を通り、征服府の使者が到着されるとのこと。カーンからの係官の前で、姫に見苦しい暴れ方をされてはかないませぬ。財産の譲渡は、オトワグロ家の生き残った血縁者により円滑に行なわれなければなりません。アヌーク姫には、ただ今より式典用の正装をさせてはいかがか、と」

「何」

頭巾とマスクに挟まれた灰色の目が、苦笑するような表情になる。

「その負けた家の小娘に、ドレスを着せてやれと申すか」

「はは」

美青年は胸に手を当てたまま、さらに一礼する。

「さようでございます」

「下らぬ。係官の前で、宣誓書に名を書かせればよいだけだ」

「ごもっともでございます。しかしいざとなって、卿の御前と係官の前で見苦しく暴れたりすると、クワラスラミ家のすべての官僚の、面子がたちません」

「――」

「泣いて暴れるのを、無理やりに署名させたりすれば。係官より『手続き無効』を言い渡される恐れもございます」

「う、うぅむ」

「恐れながらレプティス様。私め、オトワグロ家にも紋章官として仕えた経験から申します。世に貴族家の息女は数多あれど、オトワグロのアヌーク姫は中でもひときわ誇り高い。正装をさせてしまえば、その格好で泣きわめいたり、見苦しく暴れるような真似は、恥ずかしくてゆめ出来ません。そのようなお方です」

「──ふむ」

マスクの女医は、わたしの方をちらと見てから、青年に視線を戻した。

いったい、何を話しているんだ。

財産の譲渡……?

さっきから、度々出て来る。

第八ヌメラエントリ……?

だがわたしの思考は、またしわがれた声に遮られる。

「アイスレー、提案する以上は、用意があるのだな?」

「は」

青年はうなずくと、背後に合図するように片手を上げた。

何だろう。

(──?)

すると。

開かれた入口の向こう、通路にでも控えていたのか。

むずかるようにもがいて動く小型恐竜の横から、長いスカートを引きずった女たちが現れる。くすんだピンクやブルー。年齢は中年から、わたしと同じくらいまでか。

（七人か）

オトワグロ家の女官見習いやメイド、という少女たちは、みな十代だが。新たに入室して来た女たちはずいぶん雰囲気が違う。あまり表情もない。

「クワラスラミ家の服飾部の家職たちです。私が手回しし、姫の衣装を別室にて用意させました」

青年は七人の女たちを指して言う。

女たちは硬い表情で、レプティスという女医の前に並ぶと、膝を折りお辞儀した。

まるで怖いものから視線をそらすように、みな下を向いている。

「この通りに総出で、姫を着替えさせます。寸法の調整も素早く行なえます。これによりミルソーティア禁制地区に立つ第八ヌメラエントリは、円滑にクワラスラミ卿の御所有に。そしてエクレール・ブルーの機体は、中華人民共和国国家主席と、そちらにおわすガク・チャウシン様のものに」

「アイスレーっ」

たまりかねたように、リンドベルが叫んだ。

「この裏切り――」

だが最後まで言えず、チャッと顔の前でクロスされる剣に少女の声は阻まれる。

何を怒っている……?


「よい」

女医はうなずいた。

「アイスレー。だが卿はすぐに謁見をされる。姫の正装は、謁見の後、譲渡式の前に」

「ははっ」

「そなたを、わが家が雇ったのは。ひとえに第八ヌメラエントリの円滑な占領と、運営のためである。今後も力を尽くすよう」

「はは」

微笑して一礼する美青年を。

わたしの横で、リンドベルが睨みつける。

その視線に気づいたか、美青年はまた黒髪の少女に微笑みかけた。

「おう、そこにいたのかね。リンドベル・ギルヴィネット。生命が助かって何よりだ」

「裏切り者っ、お前のせい――」

またチャッ、チャッと剣先が向けられ、少女の叫びを阻む。

「謁見の間へ連れてゆけ」

女医が命じると。

周囲で赤と金の兵たちが、一斉に装具を鳴らして動いた。

わたしの背中にくっついていた少女たちが、ひきはがされる。悲鳴が上がる。

「ちょっと乱暴やめなさいっ」

叫ぶが、ネグリジェみたいな薄布一枚に裸足だ。どうしようもない――

ざざっ、長靴を鳴らし、兵たちはバルコニーの上に整列する。

たちまち、列が出来る。ガラス扉の開かれた出口から、浮いているゴンドラまでのバルコニーの上に、兵たちが二列に並んで剣を捧げ持ち、通路を作った。

一応、礼を尽くしているように見えるが『逃げたら刺すぞ』という感じだ。

「さ、お乗りを」

わたしの足元に片膝をついた白装束が、また促す。

「――くっ」

従うしか、ないか。

今すぐ殺されるわけではない……

「付き添いを、願い出ますっ」

リンドベルが、左右から剣を突き付けられながら、叫んだ。

女医に向けて叫んだ。

「オトワグロ家女官として、姫様にお伴を」

「駄目だ」

アイスレーという名の美青年は、レプティスに代わってか、腕組みをして却下する。

そんなこと駄目に決まっているだろう、という感じ。

何だ、偉そうに——

「姫はお一人で行かれる」

「ではせめて、わたくしたちの手で今、お着替えを」

「何？」

「姫様は寝巻姿です。いくらなんでも。輿にお乗せして飛んだら、はだけてしまいます。どうか、今」

リンドベルは、あくまで女医に向けて訴える。

だが美青年がフフン、と笑う。

「今、着替えと言うが。お前たちに服があるのか？　第八ヌメラエントリから着のみ着のまま捕虜として連れて来られた、お前たちに」

「あります。姫様の騎士服が」

「何」

「エクレール・ブルーを降りられた時にお召になっていた。わたくしたちで洗って、大事に乾かしてあります。今すぐ、ここで」

「ここで着替え？　冗談だろ」

「わたくしたちで隠します」

「――よいだろう」

必死の叫びに、女医がうるさそうにうなずいた。

「そこで、着替えさせよ。長くは待てぬ、すぐにやれ」

4

「すぐに着替えさせよ」

女医の命令で、少女たちに突きつけられていた十数本の剣が収められた。

リンドベルはお辞儀し、メイドの子たちに「お衣装を」と指示する。

二人の女の子がうなずき、すぐに壁際のクロゼットへ走る。

たたたっ、と足音。


空間では、出口からバルコニーに整列した兵たちは姿勢を正したまま。人民解放軍の兵たちは、銃口をこちらへ向けている。だが女医の命令で（医官が偉いというのはどういうことなのだろう）、わたしに応急の着替えをさせることになったので、全員が動かずにいる。中国人の大男（ガク・チャウシンというらしい。国家主席の鍔延辺と同じ姓か？）は腕組みをして、にやけた顔でこちらを見る。

（助平）

睨み返す。

一方、美青年は七人の女たちを背中に並ばせ、やはり腕組みをしてこちらを見ている。『余計なことを』という表情――

この建物――
わたしは、男たちの反応ばかりを見てはいられない。周囲の様子を出来るだけ把握しようと、素早く空間へ視線を配る。

（ここへ運び込まれ、三日間寝ていたって……？）

この場所は天安門広場のすぐ横――宮殿のように豪壮だが、石造りだから紫禁城ではない（さっき、紅い木造の歴史建築物は霧の向こうに見えていた）。

毛沢東の肖像画とスローガンを掲げた人民大会堂が、広場を隔てて反対側に見えていた。ならばこの巨大建築物は……。

そこまで考えかけた時。

メイドの子二人が、わたしの服――正確に言えば雲南省の盆地でマグニフィセント航空の客室乗務員からもらった、チャイナドレス風の制服を持ってきてくれた。

下に着ていた戦闘機搭乗用の黒のボディースーツとタイツ、半長靴もだ。

たちまち、少女たちがわたしを中心にぐるりと並んで、自分たちの服の裾を目いっぱい広げ、カーテンのようにした。

取り合えず人目は避けられる。

リンドベルがその中で、着替えを手伝ってくれる。

「――裏切り者って」

わたしはケープの下から手早くインナーを身につけ、黒髪の少女に訊く。

「どういうことなの」

あそこにいる、美青年の素姓についてだ。

この女官の子との間に、何かあるのか。

「姫様はご存じないのです」

リンドベルは、きれいに畳んだチャイナドレスを手渡しながら、小声の早口で言う。

「六日前、わたくしたちの第八ヌメラエントリが攻められた時――領主様が倒れ、姫様とシャンベリ様がエクレール・ブルーで出られた直後のことです。あの男は次席紋章官だったにもかかわらず裏切って、みずから城門を開き、敵軍を構内へなだれ込ませました。オトワグロの家臣も家職たちも、あっという間にほとんど皆殺しに」

「……本当?」

わたしはケープを脱ぎ捨て、代わりにタイトなワンピースを頭から被る。

編み上げの短ブーツに足を突っ込む。ふわふわの布一枚に裸足より、こちらの方が気持ちもしゃん、とする。

「姫様は」リンドベルは続ける。「家臣であった、あのアイスレーを信頼されていたかも知れませんが、違うのです。あいつは、わたくしたちオトワグロ子爵家が禁制地区で太古の次元移送システムを発掘し復活させるのを待ち、密かにクワラスラミ家と結んで、占領の手引きを」

だがそこまで言いかけた時。

「もうよい、乗せよ」

しわがれた女の声がした。

わたしがワンピースの背中のファスナーを上げるか上げ終らないうちに、カツカツと足音がして「さぁ、乗せるんだ」と声がした。


ヴァン・テ・アイスレーと呼ばれていたか。

銀髪の美青年は、苛立ったように足音を立てて歩み寄ると、わたしの周囲を囲む少女たちを子犬でも追うように「どけ、どけ」と手で払った。

「さぁ、乗るのです姫。私がエスコートする」

「姫様に触るなっ」

「うるさい、どけ」

引き止めようとするリンドベルを、青年は腕で押しのける。

女の子に、乱暴を……!?

美青年のくせに節操のない奴――

もし防衛大で、男子学生が女子に同じようなことをしたら。士官の風上にもおけぬ奴、と言われてその学生は皆に軽蔑されてしまう。

だが
「さぁ、私と共に来るのです姫。私にはあなたに、財産譲渡の署名をさせる責任がある。クワラスラミ卿の謁見にも付き添います」

青年は、わたしに向かって大きな声で言う。

まるで『自分がエスコートをして行く』と、周囲にも宣言するかのようだ。

こういう奴に、付き添われたくはないが――

そして美青年は、何を思ったか、わたしに向かってさらに失礼なことをする。

「着替えの最中、オトワグロの女官に何か握らされたかもしれない。身体を調べる」

「――えっ」

「卿に謁見するのだ。凶器など隠し持っていないか、検査だ」

また大声で言うと、いきなり美青年は、美青年のくせにわたしにいきなりがばっ、と抱きついた。

「きゃっ、何⁉」

何をする……⁉

だがぎゅうっ、と抱きすくめられ、ついで青年の手のひらでチャイナドレスの上から上半身をまさぐられた。

（この――！）

その時。

「――下がれうつけ者、と言うのです」

青年が耳元で囁いた。

「!?」

「うつけ者、と叫んで私をぶつのです姫」

素早い囁きで、青年はわたしに告げた。

何だ。

ぶて……？

（ええいっ）

なんだか知らないけれど無礼な奴――！

次の瞬間、膝が勝手に動いた。向き合って身体を密着させていた長身の美青年の股間を、思い切り膝で蹴り上げていた。

ガツッ

「ぎゃっ」

銀髪の美青年は、悲鳴を上げると（芝居でもなく本当に痛がっている）、仰向けに吹っ飛んでひっくり返った。

どささっ

周囲から呆気に取られるような視線が集中する。

一秒おいて「うわははははっ」とガク・チャウシンが大声で笑うと。

それにつられ、周囲の大多数の者が美青年を指さして笑った。

場違いな笑い声がさざめく中、痛そうに顔をしかめながら、青年は股間を押さえて立ち上がる。その所作に、さらに笑い声が沸く。

「レ、レプティス様。今の着替え中に、凶器を渡されたことはないようです。私がこの手で触って確かめました。卿の前へ出しても、安全でございます」

「よい」

レプティスという女医だけは、面白くもなさそうな表情だ。

「そなたはきちんと仕事をこなす。謁見の間まで姫を連れてゆけ」

「は、ははっ」


青年は、今度はわたしに触れようとはせず、痛そうな表情はそのままに「あちらへ」とゴンドラを指した。

「姫。輿にお乗りを」

その青い目が『今はおとなしく乗るのです』と言うように訴える。

（……？）

このアイスレーという青年は。

アヌーク姫の家来だった……？　そうなのか。リンドベルの話によれば、仕えていたオトワグロ家を裏切ったという。

そうなのか。

裏切り者――

しかし、たった今耳元でわたしに囁いた口調と、女医に「安全でございます」と報告した声は微妙に違う……。

そこへ
「そいつと行っては駄目っ」

横の方で、リンドベルが叫んだ。

黒髪の少女は、押しのけられて腹を立てたか。「この裏切り者」と叫んで美青年に飛びかかろうとする。白装束がシュッ、と立ち上がり、間に割り込んで止める。

「姫様っ、そいつと話しては駄目」

少女は白装束に羽交い絞めにされ、もがく。

「さぁ早く」

青年は『今だ』という感じで、わたしの右肘に触れた。

バルコニーに浮いているゴンドラを指す。触り方が、今度は丁寧だ。

「……」

わたしは青年の表情を見た。

乗るのです、とその目が言う。

十人の少女たちが「姫様」「姫様っ」と駆け出し、すがりつこうとするので、もう一人の白装束と兵隊が立ちはだかって止める。

「今です」

青年が小声で言う。

「来てくださいアヌーク、話せるのは今しかない」

話……？

見返すと。

「乗り込む瞬間しか、話せない」真剣な青い目が見つめた。「来て」

「――」

わたしは思わず、アイスレー（紋章官というのは貴族家に仕える官僚か）に手を引かれていた。バルコニーを早足でゴンドラへ向かう。

青年は振り向きながら「お前たちは支度部屋にて待て」と七人の女たちに指示する。

女たちが揃ってお辞儀する。

冷たい空気。

ガラス扉の外は、真っ白い霧だ。石造りのバルコニーを進む。赤と金のコスチュームの兵が両側にずらり並ぶ中、ゴンドラへ近づくと、踏み台が置かれている。

アイスレーは先に駆け上がり、宙に浮くゴンドラ（いったいどういう動力なんだ？）の縁をまたいで乗り込むと、わたしに手を差し出した。

今度は丁寧なので、その手を取った。

「アヌーク」

青年はわたしを引き上げながら、鋭い小声で言った。

「なぜおめおめと、生きて戻ったのです」

「……？」

「私と交わした約束をお忘れか」

「え」

前後に二名ずつの兵が立つゴンドラに、乗り込んだ。

水面に浮いているように、ゆらゆら揺れる。

中央に皮張りのソファのような席がある。

「こちらへ」

銀髪の青年――アイスレーは席を指し、座るように促す。

シートベルトがある。わたしが席に着くと、アイスレーはかがんでベルトを掛けてくれながら小声で言う。

「あなたは知らないでしょう。あの後、私は城門を開いて、わざと敵軍を第八システムの構内へ入れました」

早口で囁く。

声が、辛そうになる。

（……？）

何だろう。

あの後……？

「それしか、あなたとシャンベリ様を無事に発進させる方法は無かった。敵の軍勢の注意を格納庫からそらし、城門へ集中させ、隙を造るしか」

「……え？」

「エクレール・ブルーで地の果てまでお逃げなさい、と言ったはずだ。なぜ戻った」

「……」

「しかしもう、生きて捕まったのはやむを得ない。次の策を考えています。取り合えず卿に謁見してください。署名に応じる振りを――」

早口の小声で囁くが。すぐ背後にシュッ、シュッと衣擦れのような響きがして、二名の白装束が乗り込んで来た。

アイスレーは唇を噛むと、上半身を起こした。

二名の白装束は、わたしの席の前と後ろに立って、無言で周囲を見回す。

ゴンドラは水面にいるように揺れるが、白装束はふらつく気配もない。

「それでは」

アイスレーが、声を大きくした。

「姫を謁見の間へお連れする、輿を出せ」

5

「輿を出せ」
アイスレーが命じると。
背後で、兵隊が立ったまま何か操作するのが分かった。
途端に
ヴンヴン――
唸るような音が、足の下で高まる。わたしの座る革のソファは、ゴンドラの船体の中心に球体のような物があって、その上に載っている。座っていて感じるが、球体が内部から震動して唸っている……。

振り返って、操作する様子を見たい、と思ったが。

ヴン
その瞬間、三日月型のゴンドラは一メートルほど浮上して、進み始めた。

（――！）

ぐらっ、と揺れる。少し前傾姿勢になる――普通の搭乗者には座席ベルトが必要だ。

あの子たちは。

（大丈夫か）

ちらと横を見ると、バルコニーの向こうから大勢がこちらに注目している。女医や、あの中国人の大男とは目を合わせたくないが……。目で探すと、白い服の少女が居並ぶ兵隊に止められながら、こちらを見ている。リンドベルの後ろには十人の女の子たち。

（何とか、助けてやれないか）

だが、たちまちゴンドラはバルコニーを離れ、石造りの建物の外壁に沿って進む。

振り返っても見えなくなる。

離れたせいではなく、角度のためだ。

わたしが目を覚ました場所は、このばかでかい石造り建築の、角の隅っこか……。

ゴンドラは宙を進む。

向かって左の真横に、石造りの壁面が延々と続く。長大な建物だ。

振り返って確かめると、バルコニーのある位置は、目測で五階建てくらいの巨大建築物の最上階の角だったと分かる。

ヴンヴンヴン――

「あの子たちは、捕虜なの」

横に立つアイスレーに訊くと。

「さようです」

銀髪の青年は答える。

声が、よそゆきだ。

わたしの前と後ろに、二名の白装束が無言で立っている。

「あの子らは、北西の一角から出られません」

「オトワグロ家の家来で、ほかに捕まっているのは？」

「軍事機密です。お答えは控えさせて頂く」

「――」

彼らが〈輿〉と呼ぶこのゴンドラは、あまり高く飛ぶようには出来ていない、大規模な施設内を移動するトラムのような使われ方らしい。

建物の上には出ず、外壁に沿って進んでいる。

どこへ行くのか――

見回すと。

吹きさらしの視界は白い。流れる濃密な霧だ……。

呼吸すると、冷たい空気は硫黄のような臭いだ。

（く――ＰＭ２・５か）

北京の大気汚染は、相当ひどいと聞いたけど……。

ふいにわたしの左横に、ぬうっ、と赤い何かが姿を現した。

文字だ。

わたしの背丈ほどもある、漢字で『中』の字。


（これは？）

ゴンドラが進むと、建物の外壁に取りつけられた立体造形の文字が次々に姿を現す。

『中』『国』『国』『家』『博』『物』『館』――中国国家博物館。

そうか……！

ぐるりを見回すと。

「――!?」

右手の真っ白い空間は、天安門広場だ。

思い出した……人民大会堂と、天安門広場を挟んで向き合っているのは。中華人民共和国最大の〈中国国家博物館〉だ。造られて半世紀以上も経つ、確か長辺が二キロにも及ぶ巨大施設だ。古い石造りの宮殿の中か、と思ったのも無理はない。

博物館の建物の中だったのか。

では右手には、さし渡し八〇〇メートルの石張りの広場が広がっているはずだが

さっきよりも霧が濃くなり、視界が悪くなっている。

白い霧の中に、何かいる。

黒っぽい、このゴンドラに届くくらいの高さの物体が、うずくまるように……。

(何だ)

だがその時、ゴンドラは風に煽られたようにぐらっ、と揺れた。

「う」

頭上に気配を感じ、振り仰ぐと。

ヴォンヴォン

何だ。

爆音か……？

何かが現れた。黒い長大な影——白い空から、流線型の黒いシルエットが出現した。ゆっくりとゴンドラの頭上を横切って通過し、建物の真上の宙に、浮いたまま停止する。

（これは）

ヴォンヴォンヴォ——

わたしは眉をひそめる。

これは雲南省の山の頂にいた『化け物の館』じゃないか……!?

「カーンからの翔空艇が着いたようだ」

アイスレーが言う。

「次元回廊を通って来たのです。〈大接触〉以来四千年、途絶えていたミルソーティアと〈青界〉との交通が、第八ヌメラエントリの復活で再開される」

「……？」

美青年の口にする内容が、わたしには分からない。〈大接触〉——また知らない言葉。四千年途絶えていた——って、何が途絶えていたんだ。

第八ヌメラエントリ。また出て来た。城のようなものなのか……？

訝るわたしに
「ご覧なさい」

アイスレーは、右手の白い空間を指す。

「このティエンアンメン・グァンチャンに布陣して待機する、わがクワラスラミ私家軍所属のシュエダゴン部隊の偉容を。総勢十三機、間もなく人民解放軍と共同して、〈ディアオユダオ攻略作戦〉が発動されるのです。おぉ、何と誇らしい」

芝居がかった台詞回しは、わたしに何か告げている……？

分からない。

頭上のあれは、翔空艇という乗物なのか。空飛ぶ船か。攻撃型潜水艦くらいのサイズがある黒い流線型は、わたしの振り仰ぐ頭上で、浮いている位置から降下し始めた。

ヴォンヴォンヴォ
中国国家博物館の石造り建築の真上に位置を合わせ、徐々に降下して行く――唸るような機関音は、このゴンドラが内蔵する推進機関のずっと大きなものか……？　流線型が降下して建物の陰に隠れると（中庭があるのか）、あれは空気を押しのけるのか、ぶわっと風圧が押し寄せた。

またゴンドラが煽られ、巻き起こった風で右手の空間の霧も吹き払われる。

（……！）

視界がクリアになることはない。でもゴンドラの右手に広がる広大な空間に、黒っぽい塊がいくつも、片膝をつく姿勢でうずくまっているのが遠望出来た。

これは――

（東トルキスタンに現れた奴だ）


黒いヒト型が、十体以上……⁉

天安門広場は、もちろん観光客などはシャットアウトしているのだろう（それでなくても大気汚染で最近は旅行客など来ないらしい）。

見渡すと、広場の外縁部分にはずらりと、褐色の甲虫のような物が並んでいる。いや、巨大なヒト型と対比するから虫のように見えるのだ。ずらり並ぶのは、戦車だ

――

息を呑むと、ゴンドラはふいにへさきを左へ回して宙でターンした。

「間もなく南の正面、クワラスラミ卿の謁見の間です」

6

「お降りください」

三日月型のゴンドラは、巨大な石造りの建物の角を直角に廻り、別の正面にあるバルコニーの前へ来ると、ゆっくり宙に停止した。

どうやら、この巨大博物館の施設は、観覧客などはシャットアウトし、現在そっくりクワラスラミ家と呼ばれる勢力のために使われているらしい（ちょっとした宮殿だ）。

バルコニーでは赤と金のコスチュームの兵たちが出迎え、また両側に列を作って、わたしが万一にも走って逃げ出さないようにした。

「足下にお気をつけを」

アイスレーが先に降りて、手を貸してくれる。

「――」

バルコニーに降り立つと。わたしは前後を二人の白装束に挟まれ、再び建物の中へ入った。案内されるまま、古いエレベーターに乗せられた。

チン

蛇腹式の扉が閉じ、古い昇降機の箱が降り始める。箱の中でも横にアイスレー、前後を白装束に挟まれたままだ。

エレベーターは、外が見える。この昇降機は、中庭を囲む巨大な建物の内側に張り付く形だ。回廊を配した中庭が眼下に見える。

(――!)

思わず、息を呑んだ。

ゴキブリ頭……⁉

あの守護騎がいる。

博物館の中庭は、五階建ての石造り建築にぐるりと囲われているが、サッカーの試合場が取れるくらいの広さだ。

その長方形の空間に、やはり片膝をつく姿勢であのゴキブリ頭――アグゾロトルが駐機している。空間の中央には、降りたばかりなのだろう、黒い流線型の『翔空艇』。乗降タラップのような段が、横腹から展開して降ろされている。

そして翔空艇の流線型を挟み、中庭の奥には――

(――あれは)

祭壇……?

空間の奥に、祭壇のような舞台が設けられ、その向こうにエクレール・ブルーの機体がやはり片膝をつく姿勢で止まっている。

「おぉ」

アイスレーが感嘆したような声を出す。

「姫様の乗って来られたエクレール・ブルーは、損傷の修復と外板の化粧直しをすませたようだ」

「――アイスレー」

わたしは横の青年に問う。

白装束たちが、そばで聞いているが。都合の悪いことなら、答えないだけだろう。

駄目もとで質問してみた。

「教えて。わたしは、三日前にあの機体ごと運ばれて来て、気を失っているところを操縦席から運び出されたそうね？」

「そうですが」

青年は、ちらと白装束たちに視線をやるが、声の調子は変えずにうなずく。

「姫様がこうして生きて戻られたお陰で、オトワグロ家の財産は征服府に没収されることなく、古来から征服府の定める〈占領時の取り決め〉により、正式にクワラスラミ家へ譲渡出来るのです。あの未来を変える第八ヌメラエントリ・システムも、あそこなエクレール・ブルーの機体も」

「そう」

わたしはうなずいた。

エレベーターは、旧式だからゆっくりだ。半分ほどを降りる。

眼下では、赤と金の兵隊と、くすんだ緑色の人民解放軍兵士が入り交じって動いている。どこか異世界からやって来た貴族家の軍隊と、中国共産党の軍隊……。

「ではアイスレー。あなたはエクレール・ブルーの操縦席を見たの」

「は？」

「中を、見たの。あれが運ばれて、着いた時」

「見ました」青年はうなずく。「運んで来られたデシャンタル卿が、クワラスラミの官僚みなに『見るように』と」

「は？」

「弟はいた？」

「一緒に乗っていたわたしの弟は、運び出されたの」

すると
「……！」

青年はわたしの横で、息を止めた。

どうしたのだろう。

横目で見上げると（アイスレーの背丈は一〇センチくらい高い）、青年は頬をこわばらせている。

ちら、と視線が合う。

アイスレーは横目で、鋭くわたしを睨んだ（初めに顔を合わせた時の感じだ）。どうして、あの少年のことを訊くと睨むのか。

さっきは「おめおめと生きて戻った」とか、非難する口ぶりだった。

何かわたしに、言いたいことがある……？

「弟の姿は、見なかったの」

「い、いいえ」

一瞬、青年は『どうしてそんなことを訊くのか？』という表情をした。

「いいえ操縦席には」アイスレーは言葉を継いだ。「姫様お一人きりでした」

「変ね」

わたしは眉をひそめる。

「弟は、どうしたのかしら」

「シャンベリ様は」

アイスレーは声を低めた。

低めても、白装束には聞こえてしまう。でも言わずにいられない、という感じで青年は言った。

「お忘れか。あなたがみずから手に掛けて、殺したんでしょう」

「えっ」

チン

エレベーターが一階につき、蛇腹の扉が開く。

視界が広がる。建物の一階部分は中庭を大掛かりに取り巻いて、回廊になっている。

ざわめいている。

大勢の兵士や、技術者なのか茶色の作業服を着た男たちも行き交う。

(――わたしが、殺した……?)

あの少年をか。

何を――

だが、青年に確かめる暇もなく、目の前に人影が並んだ。

昇降機が着くのを、待ち構えていたのか。薄紫のドレスに頭巾とマスクの女(ただし、さっきの女医とは別人らしい)と、その両側に白装束十数人と、兵たちだ。

「アヌーク姫、こちらへ」

高齢の女医たちは、クワラスラミ家という組織の中では高い地位にあるのか。

薄紫ドレスの女は、わたしについて来るよう促すと、先に立って回廊を進み始める。

真貴族の公爵とかいう人物に『謁見』させるというのか。

今度は両側を、それぞれ十人近い白装束にぴたりと挟まれた。アイスレーは、わたしのそばから引き離され、一番後ろからついて来るように言い渡されてしまった。

行列を作り、ぞろぞろと進んだ。

回廊は薄明るい。

中庭の頭上は白い空だ。汚染された空気が外から入り込んで、見上げるアグゾロトルの機体は、スモークを炊いた中にそびえているようだ。

ピリリリッ
ふいに笛の音が、中庭の空気を伝わって来た。

警備の係か、解放軍の兵が数名、小銃を抱えて列の横を吹っ飛んで行く。

列の歩みが、一時的に止まる。

ここは……。

わたしは見回す。

国家博物館。北京市の中心部にある。つまり、天安門広場の外側には通常の世界——普通の街が広がっているはずだ……。

ここをもし、脱出出来れば。

例えば、日本大使館へ駆け込んだらどうだ。助けを求められるか……？

あの女の子たちを、連れて行けないか。

ふと、その考えが浮かんだが。

駆け寄って来る靴音が、思考を中断させた。

「次席医官」

中国人の、解放軍の将校だ。

若い将校は薄紫の女に駆け寄ると、姿勢を正し敬礼した。

「お騒がせし、申し訳ありません。侵入者感知センサーが反応したのですが。どうも野良猫が一匹、入り込んで悪戯した模様であります」

「よい」

女医はマスクの下でうなずき、歩を進める。

列がまた動き始めた。

わたしはやむを得ず、列にしたがって歩きながら考えた。

これまでの経緯だ。

あの盆地での戦闘の末――

わたしは催眠ガスのようなものを嗅がされ、気を失った。

気づくと、北京に運ばれていた。

ミルソーティアという、前に解放軍の戦闘員の隊長に聞かされたところによると、次元を異にする『もう一つの地球』があるのだという（いや「全部で七つくらいある」とか、言っていなかったか……？）。

それが本当であるなら。

中世ヨーロッパの貴族社会がそのまま保存されたような、ここにいる人々の風俗も理解出来る。クワラスラミ家とか、オトワグロ家――

アヌーク姫の家来だったという少女たちに、わたしは本人と間違われた。違うんだ、と説明する暇もないうちに、ここへ連れて来られた。

疑問なのは。

（あのコマンドモジュールには、わたしのほかに、あの姉弟の遺骸と、黒戦闘服の戦闘員が転がっていたはず……）

わたしの操るエクレール・ブルーが倒れた後。

ハッチをこじ開けて乗り込んで来た半獣人——デシャンタル男爵には、わたしが本物のアヌーク姫でないことはすぐに知れたはず。なぜならアヌーク本人の遺骸がそこにあったのだ。

なのに……。

アヌークの家来だったアイスレーは、さっき何と言った……?

「……」

弟を——

「……ひょっとして」

思わず、つぶやいた時。

「これはこれは」

低い声が、耳を打った。

目を伏せて考えていた私は、ハッと前方を見る。

足が止まった。

「オトワグロの、戦う姫ではないかね」

耳についた、低い声。

しかも生の声だ。

（――くっ）

わたしは唇を噛む。

半獣人がそこにいた。

いや、見た感じでは革製の飛行服（古い時代の）に黒マントを羽織るいでたちで、獣の足はブーツに隠れ、鉤爪の手も手袋が覆っている。左右の唇の端から牙が覗くところ以外は、普通の長身の男にも見える――

「ちょうどいい、次席医官」

ズーイ・デシャンタルは、列の先頭の女医に「いいかね」と断ると、わたしの目の前に歩み寄って来た。

「発進前の点検をすませ、機体を降りて来たら。敬愛すべき好敵手がいるではないか。アヌーク・ギメ・オトワグロ」

「――」

こいつ、わざとらしい――

半獣人の男爵は、頭上にそびえるアグゾロトルの機体から降りて来たら偶然に会った、というふうだが。

何となく変だ。

待ち構えていたんじゃないのか……？

「傷は癒えたかね姫？　敗れたとはいえ、私と互角に剣を交えたあの戦い。大した騎士ぶりだった」

デシャンタルがずい、と近づいて来ると。

わたしの左右にいた白装束が、うやうやしく礼をして下がる。

回廊の石畳の中央に、わたしと男だけにされる。

長身の半獣人は、わたしの目の前に来ると上半身を折るようにして顔を近づけた。

近寄ると、やはり獣のような息だ。

「う」

臭い、こいつ。

「そなたが譲渡式に臨むと聞いた」デシャンタルは囁いた。「いいことだ、オトワグロ家の最後の生き残りとして、潔く署名したまえ」

「――」

わたしは半獣人を睨み返す。

「――男爵」

「何だね」

「あなた、わたしをアヌーク姫にしたいのね」

「？」

「わたしが」

中庭の空間にたたずむ二機の守護騎を、ちらと見やる。

「わたしがあのエクレール・ブルーを操って、ヘリを墜とした時。なぜか嬉しそうにしていたのは、そのせいなのね」

「ぬ」

「でも、ここで大きな声で言ってやろうかしら。『わたしは贋物《にせもの》だ』って」

「ぬぁに」


数秒間、睨み合いになった。

「ひ、姫よ」

男爵は、わたしをねめつけて言った。

ピンク色の唇がめくれ、牙が覗く。獣のような息。

「そなた、面白いことを言う」

「いいえ」わたしは頭を振る。「よく分からないけど、あなたは都合が悪いのでしょう。アヌーク姫が死んでしまっていると。貴族社会の規則か何かで、攻め滅ぼしたオトワグロ家の財産が得られないとか……？」

「ぬ、ぬう」

「あなたは最初の戦いでも、アヌークとシャンベリを生きたまま捕らえようとした。でも出来なかった。アヌークは――そうよ。あなたに捕まる前に、弟のシャンベリを後席から撃ち殺し、自分もこめかみを撃って自害した。あなたに生きたまま捕らえられたくなかったから」

「――姫」

半獣人はごるるっ、と喉を鳴らした。

「世迷言を」

「いいえ。前席の弟の遺骸を最初に見た時、何か変に感じた。胸に血痕が広がっているのに、服が破れていない。あなたに剣で胸を突かれたのだと思ったけれど――あれは違う。後ろから撃たれたのよ。実の姉に、背中から短針銃で撃たれた」

「ぬぅう」

「そうまでして、アヌーク姫は渡したくなかった。よく分からないけど、大事な何かを、あなたたちに」

ばさっ
長身の半獣人が、マントを翻した。

「次席医官」

デシャンタルはわたしに背を向けると、快活そうな態度を装ったまま女医に告げた。

「なかなか、活きのいい姫だ。卿に謁見させるがよい、自分で食べられないのは惜しいが。はははっ」

何を言う……？

わたしは、準真貴族を名乗る男を、睨みつけた。

食べる……？

「いいかアヌーク姫」デシャンタルは振り向くと、私を指して言った。「クワラスラミ卿に謁見し、気にいられると黒い輪がもらえる。足首に嵌めるのだ。その輪には、そなたが食べられる予定の日時が磁気で記されている」

「……!?」

「おとなしく、署名をすることだ。私が卿に嘆願をすれば、あるいは輪を外してもらえるやも知れぬ」

一瞬、身体が固まる。

マントを翻し、半獣人は行ってしまう。

入れ替わりに、背中に駆け寄る気配。

「姫っ」

アイスレーだ。

「デシャンタル卿と、何を話されていたのです」

「――いろいろと」

わたしは、肩で息をする。

「いろいろとよ」

「私がついています」アイスレーも小声で言う。「何とかします、今は連中の言うことを――」

だが言い終わらぬうちに、白装束が割り込んで来て、アイスレーを遠ざけてしまう。

列が再び、どこかへ向け動こうとすると。

また足音がして、今度は赤と金の兵士が一人、駆け寄ってきた。

「次席医官、お伝えすることが」

7

「予定が変更される」

兵からの伝言を聞き終えると、薄紫ドレスの女医は振り返り、言った。

「謁見は、中庭で行われることとなった」

その声に。

ザッ
わたしの両脇を挟むように並ぶ十数名の白装束と、さらに外側を囲む多数の兵たちが、威儀を正す。

変更……？

何だろう。

「たった今、征服府からの使者の支度が調った」女医は続ける。「予定を変更し、謁見と譲渡式を兼ねてただちに執り行う。中庭の祭壇にて、クワラスラミ卿の御前において征服府の使者の臨席を仰ぎ、オトワグロ家よりクワラスラミ家へのすべての財産譲渡の手続きを、この」

「……!?」

女医が、頭巾とマスクの間の灰色の目で、こちらを見た。

鋭い視線。

うっ、とのけぞりそうになる。

「このオトワグロ子爵家第一公女、アヌーク・ギメ・オトワグロの署名により執り行う。同時に」

女医はまだ続ける。

「第八ヌメラエントリのすべての資産のクワラスラミ家への譲渡とともに、特別一代子爵に叙せられるガク・チャウシン特別子爵に対する、守護騎エクレール・ブルーのオトワグロ家からの譲渡式、ならびに虹彩認証書替え手続きを行う」

ザザッ
了解した、とでもいうように白装束と兵たちが威儀を正す。

「それでは皆の者。姫を祭壇へ」

「お、お待ちくださいっ」

その時。

アイスレーが大声で遮ると、列の後方から進み出た。

青年は女医の前に片膝をつき「恐れながら」と訴える。

「次席医官、アヌーク姫は着替えがまだでございます。譲渡式に向け、別室に正装を用意してございます。まず——」

「ならぬ」

女医は頭を振った。

「署名は、ただちに行わせる。負けた家の息女に正装などさせる必要はない」

「し、しかし」

アイスレーは食い下がった。

「姫は、誇りある貴族の娘。え、円滑な署名のためには。先ほど首席医官にはそれについてご説明――」

だが
「いらぬ」

女医はマスクの下からの声で、却下する。

「たった今、デシャンタル卿より『食われたくなければ書け』と申し伝えた。それで十分である」

「し、しかし」

美青年は取り乱したように膝立ちのまま近寄ると、薄紫のドレスの下から懇願した。

「次席医官、お願いでございます。姫に、最後の栄誉を」

「うるさい」

女医が灰色の目で目くばせすると
白装束の一人が、瞬間的に動いた。その手に現れた中剣がアイスレーの脇腹を背後から突いた。

（……！）

早業だ。

息を呑む暇もない、青年は「あう」と声を上げ、石畳に転がる。

どさっ

た声で言うが
白装束がすかさず、両側から行く手を塞ぐ。「なりませぬ」「お戻りを」とくぐもっ
「どけ」

わたしは片方の白装束に、思い切り膝蹴りを食らわせた。

驚いてひるんだ隙に、止めようとする手をくぐり抜けて走る。

転がった美青年の傍らに膝をつき、助け起こした。

「アイスレー、しっかり」

「ひ、姫様……」

ヴァン・テ・アイスレーは苦しげに薄眼を開け、わたしを見返す。

「……し、支度部屋へ行って下さい、あそこに抜け――」

だがそこまで言うのがやっとだった。

数人の白装束が周囲から襲いかかり、一斉に中剣を美青年に突き刺した。

ザク

ザクッ

「や、やめろっ」

わたしは怒鳴るが、もう一人の白装束に背後から羽交い絞めにされ、引きはがされてしまう。

「ア、アイスレー！」

「……ひ、姫様」青年は震える手を、わたしに伸ばした。「約束でございます、第八システムを奴らに渡してはなりませぬ、あれには恐ろしい秘」

ザクッ

さらにもう一人の白装束が、とどめの一撃を突き刺した。

（……!!）

目を見開くわたしの視界で、美青年は手を伸ばした姿勢のまま「ぐふっ」と血を吐き、そのまま石畳に崩れた。

「ア」

「こちらへ」

暴れようとするわたしを、左右からも白装束が取り押さえ、三人がかりで引きはがして立たせる。

「何するの放せっ」

「こやつは一度オトワグロ家を裏切り、我らについた者」

女医が歩み寄ると、青年の亡骸を見降ろし、低い声で言う。

「やはり、何か企んでおったか。この者の用意したという支度部屋を調べよ」

白装束が二人、片膝をつきうなずくと、シュッと姿を消す。

「服飾部の家職どもを引き立てよ」

続いて女医は命じる。

「尋問のうえ、見せしめに皆殺しじゃ」

さらに幾人かの白装束がうなずくとシュッ、シュッといなくなる。

「み」

皆殺し……?

息を飲むわたしに
「アヌーク姫よ」

女医は灰色の目を向け、言った。

「無駄な抵抗は止めよ。そなたにはおとなしく、祭壇へ上がってもらう」

「む――」

だが言い返す暇もなく
そばの白装束が立ち上がりざま、羽交い絞めにされ動けないわたしのみぞおちに拳を打ち込んだ。
どすっ
「ぐ」
腹に衝撃を受け、目の前が真っ白になった。

8

（――はっ）
次に気がついた時。
目に感じたのは眩しさだった。
「う」
顔をしかめると。
ざわざわと、耳朶を大音量のざわめきが打った。
ここは……。

意識が、戻った。

（わたしはどうしていた……）

次の瞬間、記憶も戻った。

そうか。

白装束に、腹を殴られて——

失神していたのか。

ざわざわざわ
（何だ、ここは）

潮騒のようなざわめきに、目を動かす。

ざわざわ
明るいが——まだ周囲の景色に焦点が合わず、ぼやけている。自分はどこか高いところにいて、右手の方の低いところには大勢の人々が集まり、ざわめいている。

椅子のようなものに座らされているのだ、と分かる。思わず身じろぎしようとすると、身体が動かない——

（縛られてる……⁉）

もがこうとすると
「気がつかれたか」

すぐ右横で、声がした。

はっ、として横を見ると。

薄紫のドレスが、すぐそばに立っていた。椅子に座らされた――いや、縛りつけられたわたしと、並ぶように立っている。

「ちょうどよい。今まさに、譲渡式の始まるところ」

「……!?」

顔をしかめ、周囲を見ようとする。

次第に視界がはっきりする――みぞおちの辺りに、まだ鈍痛。

「う」

唇を噛んで、自分の身体を見降ろすと、チャイナドレスはそのままだが半長靴は脱がされて、かわりにストラップ付きのサンダルのようなものを履かされていた。

(!?)

何だ、これは。

左の足首――黒タイツの上から、黒い金属のリングのような物が嵌められている。

「卿は、そなたを気に入られた」

「え」

その声に、顔を上げて前方を見ると。


何だ、こいつは……。

その時。

ようやく周囲の景色が、すべてはっきりと目に映った。

広大なコンサートホールの舞台の端に、椅子を置いて座らされている――そんな錯覚を覚えた。満員の聴衆が客席を埋め……いや、そんなことはない。

あの祭壇の、上にいるのか。

中庭の広大な空間の奥に設置されていた、舞台のような祭壇だ。

そして、十数メートルの間合いを空け、祭壇のもう一方の端に座るシルエットは――


（――）

息を呑んだ。

まるで、歌舞伎の舞台でも見るようだ……。

そこにいたのは、金色の眩しく光る歌舞伎役者のようなコスチュームに、真っ白に近い銀色のたて髪。そしてたて髪の真ん中に、白い顔がある。白塗りの能面のようなこいつは何だ。

能面ではない、生きた顔なのだ。恐ろしく細い、切れ長の目がわたしを見るのが分かった。白銀のたて髪からは左右に二本の角が突き出て、前に向いている。

にやっ
毛のように細い目が笑い、裂け目のような口の両端が吊り上がって、牙が覗いた。

ぞっ
身体に寒気が走った。そいつは、歌舞伎のようなコスチュームの袖から覗く手に、杓《しゃく》のような物を握っている。その手の爪が、長さ十数センチもある銀色の鉤《かぎ》だ。

こいつが、まさか――

「そなたの足に、個体識別輪をつけた」

そばで女医が囁くように言う。

「もう、どこへも逃げられぬ。覚悟するがよい」

「……!?」

わたしは自分の足首と、十数メートル隔てて前方に対峙するように座る白面の鬼――そうだ、鬼としか言いようがない――を見た。

真貴族……。

あらためて周囲を見回すと。

わたしの右手——祭壇に面した中庭を埋める群衆は、赤と金の軍服の兵たちに囲まれ、映画で見る欧州の中世貴族のような身なりをした男女。それに人民解放軍の将校らしい軍服に、タキシード姿の中国人らしい姿も混じっている。

そして見上げると。左手の方には、まるで神像のように、片膝をついたエクレール・ブルーの上半身が覆いかぶさるようにそびえている。

(——)

わたしが乗って戦った『守護騎』だ……。

損傷がひどかった、とリンドベルは言ったが。

今、青と銀色の機体は磨かれ光っている。機関砲弾に、対戦車ミサイルも食らったはずだが、損傷も焼け焦げもない。修理され化粧直しされた印象だ。

その機体の胸の下、人間で言うとみぞおちに相当する箇所には楕円形のハッチが開き、紅い絨緞の敷かれた仮設階段が、舞台の表面と機体を繋ぐように取りつけられている。

ざわっ
群衆が、ざわめいた。

ハッチの開口部から人影が現れる。

（……？）

誰か出て来た。

誰だろう？　橙色《だいだい》の衣。まるで僧侶のようだ——と感じたら、本当に僧のような禿げ頭だ。磨かれた頭部はてかてか光り、頭髪はまったくない。それぱかりか眉毛もない。

僧侶のような禿げ頭——男なのだろうが、年齢も分からない——は二名いた。二人とも何か四角い機械のような物を、橙の衣の腕で捧げ持ち、ハッチから階段を下りて来る。

祭壇の舞台に降り立つと、奥の白面の鬼に向かって一礼した。

何だ。

何かの儀式か……？

「二人は征服府の係官じゃ」

そばで女医が言った。

「エクレール・ブルーの虹彩認証を、これより書替える」

「？」

虹彩認証……？

「姫よ」女医は続けた。「そなたは、ミルソーティア貴族の子女とは言っても。こうして真貴族のお方とじかに合いまみえる栄誉は滅多になかろう」

「……あの鬼が？」

「チチェン・イッツァ・クワラスラミ公爵陛下にあらせられる。御年一二九三歳じゃ」

「……」

「普段は、御簾の向こうにお隠れになっておられるが。本日はこうして征服府係官の来訪を受け、お姿をお表わしになった。同じ高さの舞台に立てるのはなお栄誉なこと」


舞台のような祭壇の中央には、黒光りする卓がある。

二人の僧侶のような男は、四角い二つの機械を卓上に置くと、機械に向かっても一礼をした。そして場内――中庭を埋めつくす群衆に向けて、口を開いた。

「これより式次第を進行する。まず第一に、特別一代子爵に叙せられたガク・チャウシン子爵への守護騎エクレール・ブルーの譲渡式ならびに虹彩認証書替え手続きを、オトワグロ家第一公女アヌーク・ギメ・オトワグロの宣誓署名をもって執り行う」

え……？

何をやるって……？

言っていることはくどくて、よく分からない。

だが二人の僧侶――征服府という、どこか異世界の政府の係官だという――の片方は、わたしの方へ向くと言った。

「アヌーク・ギメ・オトワグロ、前へ出よ」

同時に
「解け」

女医が小声で命じると。

どこかに控えていたか、白装束の一人が音もなくわたしの椅子の後ろに寄って、素早く手を動かした。するっ、と上半身を縛りつけていたワイヤーのような物が緩む。

身体が動く――

「姫、前を見よ」

すかさず、身じろぎしようとするわたしに女医は屈んで小声で言う。

「見よ。祭壇の上ではない、向こうの三階の回廊じゃ」

「え」

顔の横で、小さく指さされ、遠方を見る。

(回廊……?)

この中庭は、五階建ての巨大な石造り建築にぐるりを囲われている。長方形の巨大な枠に囲われた内側だ——どの方向を見ても、壁のようなビルの内壁がそびえている。内壁にはどの階にも、中庭を見下ろす回廊が巡らされている。

「うっ」

何か見える。ちょうど、わたしの座らされている椅子から、正面やや上の位置——五〇メートルほど離れた内壁の三階の回廊の手すりに、いくつか人影が見える。パステルカラーの小さなシルエットたち……。

その真ん中の一人が、やや背が高い。白い服に黒髪。

（……リンドベル⁉）

思わず、唇を噛む。

あの黒髪の少女だ。そしてそのすぐ後ろに、仁王立ちしているのは飛行服に黒マントの半獣人……。

目の焦点が合うと。半獣人の大きな革手袋が、少女の白い服の両肩をがし、と掴んでいるのが分かる。

何をする——⁉

少女は震えている。目を潤ませ、視線で何かこちらへ訴えている。口が「姫様」と動くのが見える。

だが回廊の両側には赤と金の兵たちが並び、リンドベルとメイドや女官見習の子たちに剣を突きつけている。

「そなたがおとなしく、署名をしなければ。分かっておろうな」

「アヌーク姫、前へ出よ」

僧侶のような係官は繰り返した。

同時にもう片方の僧侶が、中庭を呼んだ。

「ガク・チャウシン子爵、祭壇へ」

コンサートの立ち見聴衆のような人垣が割れ、中でもひときわ目立つ派手な服装の大男が「おう」と声を上げて歩み出てきた。

のし、のしという感じで正面から祭壇へ上がって来ると、舞台の向こう側の白面の鬼に向かって深々と一礼した。

そして大男は、黒い卓の上に置かれた機械に向いた。

何をやるのだろう。

だが訝る余裕も無く。二名の赤と金の兵がやってくると、わたしの両脇でシュラッ、と剣を抜き、顔の前に捧げ持った。わたしを左右から挟むように立つ。

「進み出よ」

女医が促す。

（くっ……！）

わたしはためらったが、前方の三階の回廊では、半獣人が裂け目のような口を開く。よだれを垂らし、リンドベルの長い黒髪からのぞく片方の耳をえろん、と長い舌で嘗めた。少女が悲鳴の形に口を開け、のけぞる。

「あれらは、卿が召し上がる予定の娘たちだが。そなたが変な真似をすれば、引き裂いて食べてよいと卿から許可が出ておる」

女医のしわがれた声が囁く。

「進み出て、書け」

「……」

わたしは唇を噛んだまま、やむを得ず立ち上がって、歩を踏み出した。

舞台の中央へ――

黒い卓上には、二つの四角い機械と並んで、大判の書類が広げてあるのが見える。

両横を、剣を捧げ持つ二名の兵に挟まれて進む。

わたしは進み出ながら
（――この守護騎……）

横目でちらと、エクレール・ブルーの上半身を見やる。

機関が、動いている……？

低いヴォンヴォンという唸りが、舞台の床面を伝わって来る。群衆のざわめきに紛れ、今まで聞き取れなかったが——書替え手続きというのは、機体のシステムが生きていないと出来ないのか？

開いたままの楕円ハッチに、紅い絨緞の仮設階段が渡されている。ハッチ開口部の内側は見えない。

素早く、中庭の一方も見やる。黒い潜水艦のような『翔空艇』が駐まり、その向こうに赤黒いアグゾロトルのゴキブリ頭。スモークを炊いたような空間の奥に霞んで見える。

だがそれ以上は周囲を見渡せない。

黒い卓の前に着いてしまう。

「署名を」

橙の衣の僧に促され、やむを得ずわたしは書類の上に置かれたペンを取る。

（——なんだこれ）

大判の書類は、ごちゃごちゃとたくさん書いてある。文字は仏語の表記に似ているから読もうと思えば読めるかも知れないが……。

「署名を」

仕方がない。

前方の回廊をちらと見て、わたしは唇を噛んだまま書面右下のスペースに『音黒聡子』と流し書きで適当にサインした。

「よぉし」

すぐ横で、中国人の大男が勇んだ声を出す。

何が「よぉし」だ……。

わたしは横目でちらと睨む。

大男は、右の拳を左手にパン、と打ちつける。

「デシャンタル卿にマニュアルを渡され、もう勉強してあるのだ。すぐに動かせるぞ」

「チャウシン子爵、両目をこれへ」

僧が促す。


奇妙な光景だった。

卓上の四角い機械から、ウィイイン、と双眼鏡の覗き口のような物が起き上がる。

大男が覗くように顔をつけると、一瞬閃光が中でひらめくのが分かった。

（……これは？）
わたしは眉をひそめる。
ふいに
――『虹彩を読み取った』
脳裏に、声が蘇った。
あの〈猫〉の言葉……。
山頂のキャンプで、追手から逃げる途中、あのしゃべる猫に妙なことをされた。
――『君の虹彩を読み取った』
そうか。
（これはひょっとして、操縦者の個体識別……）
だが
グォングォン
ふいに頭上にかぶさった爆音が、わたしの思考を遮る。

「！」
視線を上げると。
グォングォ
グォオオオッ
黒いヒト型だ――
ヴォンッ
ヴォッ
黒いシルエットが次々、頭上を低空で飛び抜ける。
さっき、外の天安門広場に駐機していたやつらか……？　黒いヒト型――いや守護騎の群れがコウモリのような翼を背に広げ、中庭の頭上を通過していく。
グォオオッ
ドドドッ
次々に行く。編隊を組んでいる。黒い機体に、バケツを逆さにしたような頭部――みな同じ形に見えるのは、あれらは量産型なのか。
「おぉっ」
大男が頭上の編隊を見上げ、両の拳を握り締めた。
「ディアオユダオ攻略作戦が、ついに始まったか。俺も男爵とともに、すぐに行くぞ」

何を興奮している……？

ディアオユダオ——大男の口にした、地名のような単語。さっきアイスレーも口にしていた。何だろう。わたしも前に、耳にしたことがあるような気がする……。

「では子爵の虹彩を、機体に登録する」

僧の一人が機械を持ち上げた。

「いまもう一つの登録枠は、ガク・エンペン国家主席に用意されているが」

「父は今、アメリカ訪問中で出席出来ない。機械だけ置いて行ってくれ」

大男が言うと。

僧は、舞台を端をちらと見て、うなずいた。

「そのような措置は本来、許可されぬが。クワラスラミ卿の保証の元であれば、よろしかろう」

国家主席の、息子……⁉

わたしはまた大男を見た。

こいつが、そうなのか。

「有り難い。俺の登録は、すぐにすませてくれ。式典終了と同時に、ディアオユダオへ向け出撃する」

僧は了解したように、機械を捧げ持つと紅い絨緞の階段を上がり、楕円のハッチの内側へ消える。

何をしているのだろう……。

隣では大男が、もうすぐ欲しがっていた玩具をもらえる子供のように両の拳を握り、身震いしている。

（くそっ……）

わたしは前方の三階の回廊が気になる。

白い服の少女は、背後から半獣人に取り押さえられたままだ。

何とかして、助けられないか。

横目で守護騎エクレール・ブルーのハッチを見上げると。ちょうど橙の衣の僧が、出て来るところだ。手ぶらだ。機械は、球体コマンドモジュールのどこかに収納でもされたのだろうか。

（……！）

その様子を見ながら、ふいに頭に文字が浮かんだ。

やっと、遅れて思い出した。

三文字の漢字。

わたしが、航空自衛隊のパイロットだから、すぐに思い出せなかったのだ。海自のパイロットならすぐ気づくだろう。ディアオ・ユ・ダオ――釣・魚・島。

「――くっ」

ハッチを見やる。

階段まで五メートル、ハッチまで駆け上がって都合十メートルか。

「登録は完了した。引き続き」

僧は舞台の上に並ぶと、場内に向けうやうやしく宣言した。

「占領されたオトワグロ家より、クワラスラミ家への第八ヌメラエントリ・システムを含むすべての財産譲渡の手続きを、アヌーク・ギメ・オトワグロの署名をもって執り行う。元々、ミルソーティア焦土地域の禁制地区に佇立《ちょりつ》する第八ヌメラエントリ・次元移送システムはオトワグロ家が征服府から認可を受け発掘し、復活させるに成功した。財産法によれば当該システムは発掘したオトワグロ家の所有となり、家が絶えた場合は自動的に征服府の所有に帰する。しかしながら生存している所有家の血縁者が譲渡の署名をした場合に限り、特例が認められ占領したクワラスラミ家に所有を移すことが出来る。只今より」

ざわっ

場内のすべての視線が、わたしの方へ向けられ集中するのが分かった。

「アヌーク姫の署名をもって、その手続きを完了する」

「姫、署名されよ」

二人の僧が、卓上に別の書面を広げ、その上にペンを置く。

「ささ」

「さ」

促される。

(――)

わたしは唇を噛み、書面の前に向かった。

ペンをとる。

再び視線がざわっ、と集中するのが分かる。

だがわたしは紙の表面のすぐ上でペン先を止め、目を上げた。

前方、間合い十メートル弱に、白面の鬼。

人間なのか……？　一二九三歳……？

恐ろしく細い、吊り上がった目がこちらを見ている。頭の角はギミックではないのか。裂け目のような口の両端の牙――

「ちょっと」

わたしはその化け物を睨みつけると、口を開いた。

「署名して欲しければ。あそこにいる、わたしの家来たちを放しなさい」


「――」


化け物は、聞こえたのか。

表情は変えず、こちらを見ている。

「放せと言っているのよ。あんたに言ってるの」

ペン先で、鬼の白面を指すと。

両脇にいた兵が驚いて、慌てた動作でわたしに剣先を向ける。

さささっ、と数名の白装束が舞台の両横から現れ、鬼の前に立ち塞がってガードしようとする。

わたしはひるまず、鬼から目を離さず続ける。

「わたしと家来たちを解放すれば、サインしてやるわ。ヌメラエントリとかいうものが、欲しいんでしょ。どうなの」

「――」

すると鬼は、わたしを見たまま、杓を持つ右手の指を一本、天に向けた。

視線の先で、三階の回廊に立つ半獣人が、黒髪の少女の肩を放す。

まだ不十分だ。

「この書類は預かる」

やおら卓上から大判の書面（革表紙がついている）を掴み上げると、わたしは両手で胸に抱き込んだ。

ざわざわっ、と場内がざわつく。

「いいこと、化け物。わたしと家来たちが安全に脱出するまで、これは預かる。家来たちをすぐにここへ――」

だが言い終る前に。

シュッ、と背後に風を切る音。

（⁉）

振り向く暇もない、白装束の一人が襲いかかって、わたしの首を背後から締め上げた。がしっ、と固められる。息が止まる。

し、しまった……！

喉元に冷たい金属――刃が押しつけられる。

「――くっ」

「書面を置いて署名せよ」

くぐもった声が耳元で響く。

「さもなくば、そなたの喉を掻き、血が無くなる前に我が手助けして署名させる」

「は、放せ」

「考えよ。書けば、食われるまでは生きられる」

「放せっ」

もがくが、羽交い絞めにされ、動けない。右肘で後ろを突こうとしても、空振りするだけだ。息が出来ない。

く、くそっ……。

そこへ
「大変でございます」

別の声が背中でする。

「次席医官、ご報告が」

「後にせよ」

背後で、息せききって走って来た誰かが、女医に話しかけている。

わたしは書類を放り出し、首を締め上げる白装束の腕を引っ掻くが微動だにしない。

苦しい、息が――

「あ、あのアヌーク姫の血液を調べましたところ、螺旋《らせん》が」

「何」

「螺旋が出ました。〈紅い螺旋〉です、あの姫は」

息を呑むような視線が、背中から向けられる。

しかし、何が話されているのか、考える余裕もない。今はこのいましめを脱しなければ――

腕に爪を立て、激しくもがくが
「よせ」

白装束は耳者とでクク、と笑う。

「無駄な抵抗――グッ」


だがその時。

バシッ
背中で閃光がひらめいた。

一瞬、視野が真っ白になる。頭のすぐ後ろで、まるで高電圧の電線がスパークするような閃光と衝撃。

同時に首のいましめが緩んだ。

「くっ」

今だ。

わたしは両肘で、思い切り背後を突いた。今度は手応えがあり、悲鳴を上げる白装束の腕から逃れた。そのまま床を蹴り、目の前で驚いている兵の一人に右肩から飛びかかって体当たりした。

どかっ
「うぉ」

仰向けに倒れる兵の手から、長剣をむしり取る。身体を回転させ、振り向きざまにもう一人の兵が繰り出す剣を宙で弾き返す。

キンッ
「おぉっ⁉」

兵が目を円くする。驚いている。わたしに剣を弾かれたから、だけではない。

「はぁっ、はぁっ」

振り向いて見ると
(……どこから来た⁉)

のけぞって倒れていく白装束の顔には。一匹の小さな黒猫がしがみついて、覆面に煙を上げさせているのだ。

パッ

黒猫は倒れる白装束の顔面を蹴って、跳んだ。

そのまま稲妻のように、わたしのすぐ足下を駆け抜け、紅い絨緞を駆け上る。

「騎士よ、乗れっ」


猫の〈声〉が、わたしに告げた。

しゃべる猫。

あの頭に直接響くような声だ。

「騎士よ。乗るのだ」

「く——くそ、どけっ」

わたしは剣を振り、もう一人の兵を行く手から追い払うと、猫に続いて走った。階段を駆け上がった。

「おい、何をさせるかっ」

背中で、中国人の大男が怒鳴る。

「止めろ——いや俺が行くっ」

9

「くっ」

わたしは紅い絨緞の敷かれた仮設階段を、吹っ飛ぶように駆け上がった。

黒猫の小さな姿が、楕円ハッチの開口部へ跳び込んで見えなくなる。

続いてハッチの縁を掴み、階段を蹴って、足からコマンドモジュールへ跳び込んだ。

どさっ
空の操縦席。

球体の内壁が灰色のままなのも、前に搭乗した時と同じだ。

(動かせるか、こいつ――――!)

だがシートに向き直り、座り直そうとした瞬間。

大柄な影が頭上の開口部から跳び込んで来ると、操縦席のわたしに覆い被さった。

どささっ
「きゃっ」

「姫ぇっ」

あの大男――――!

のしかかられ、首を絞められた。

「俺のエクレール・ブルーに、勝手に乗るんじゃねえ」

「うぅ、放せ、くそっ」

両手で抵抗しようとするが
「そうはいかねぇな」

大男――ガク・チャウシンは膝を使ってわたしの両腕を潰さんばかりに押さえつけた。動けない……！

「ぎゃ」

痛みに、思わず悲鳴が出る。

「ふはは」

大男は前部操縦席に座るわたしに覆い被さったまま、右手でわたしの喉を押さえつけ、左手を懐へ入れると、くしゃくしゃになった紙片を掴み出した。

そして紙を握ったその手でガン、と肘掛けにある赤い円型のボタンを叩いた。

シュッ
大男の頭の後ろで、ハッチがクローズする。

途端に全周モニターが働き始め、球体の壁がすうっ、と透ける。外の光景が映し出される。押し倒されているから、この姿勢では白い空しか見えないが――

「お前さんのサインが、要るんだよ」

大男は熱い息をわたしの顔に吹きかけ、まるで相撲の喉輪のようにして押さえつけながら左手でくしゃくしゃの紙を示した。

「署名が出来なければ血判でもいいそうだ、ここで押してもらおうか」

「うぅ」

わたしはほとんど声も出せず、またもがくしかない。

と
『侵入者アリ、侵入者アリ』

頭上の壁の一部が、ぱくりと開いた。

『侵入者アリ』

天井で機械の音声が響き、開いたパネルの内側から無数の関節に乗った金色のエンピツが姿を現す。

ヒュウッ
風を切り、無数の関節が蛇のように伸びて、金色のエンピツは押さえつけられたわたしの額のすぐ上に来る。

ぴたりと止まり、尖端がわたしの眉間を狙う。

チカチカ、赤い光が明滅。

「ふふ、こいつは〈侵入者排除装置〉と言ってな」大男は得意そうに言った。「虹彩認証を取っていない、正規の操縦者以外の者が侵入すると、頭を吹っ飛ばしてくれるのさ」

「――く」

猫は、どこへ行った……⁉

わたしは目で探す。

早く、こいつを電撃で吹っ飛ばしてくれ……！

だが
（……あいつ、どこへ）

わたしよりも先に、この球体の中へ跳び込んだはずなのに――何をしている……⁉

どこか球の下の方で、カリカリと爪で壁を掻くような音。

（何を）

首が動かせない、声も出ない――

「この装置は、俺の命令だけを聞く。俺が『止めろ』と命じて搭乗を許可しない限り、お前さんの生命はあと十秒だ」

『排除スルカ』

金色エンピツが、まるでしゃべっているかのようだ。

尖端を赤く明滅させ、わたしの眉間のすぐ上にいる。

畜生、右手を動かせれば……。

『排除スルカ』

「さぁ」

大男は、左手を下へやると、膝で潰さんばかりに押さえつけていたわたしの右の手首を掴み取る。

「う」

抵抗して、ハッチの円型スイッチを叩こうとするが、止められる。

「この手はこっちだ。ふはは」

無理やり手首をねじり上げられると、指に力が入らない。

大男は凄じい膂力だ。

まったく抵抗出来ないまま、人差し指の先を噛まれた。

（痛……！）

指先の皮膚を噛み切られ、血がにじむ。

「ふはははっ」

大男は高笑いし、わたしの喉を押さえつけていた手を放す。

「――げほっ」

息を吸うのがやっとだ。空気をむさぼるだけで、すぐには起き上がれない。

咳き込む隙に、大男の手がわたしの右の人差し指を紙に押しつける。

「よぉし、血判を取ったぞ」

『排除スルカ、排除スルカ』

「げほっ、げほっ」

わたしは激しく咳き込みながら、右の手首を掴んだ男の手を振りほどこうとするが、放してくれない。

くそっ……！

ハッチを開かないと――

だが
「ふはは」

男はわたしの肩を押さえつけ、笑った。

「姫。お前はもう用なしだ。それではついでに見せてもらおうか、〈侵入者排除装置〉の威力とやらを」

「……！」

『排除スルカ』

「排除しろっ」


だがその時。

わたしの眉間の三十センチ上でチカチカ明滅していた赤い光が、戸惑うようにリズムを乱した。赤い光がフッ、と消え、金色のエンピツは急にククッ、と角度を変えた。大男のこめかみのすぐ横に向くと、機械の音声が再び天井から告げた。

『侵入者アリ、排除スルカ』

「――!?」

「!?」

驚いたのは、わたしも大男も同時だった。

『排除スルカ』

何だ。

わたしに訊いている……!?

チカチカ明滅する赤い光。

それがわたしに訊いている――そう感じた。考える暇は無かった。とっさに叫んだ。

「こいつを排除しろっ!」

『了解、排除』

ボンッ
「わっぷ」

閃光と共に爆発的な煙。

目の前数十センチで熱線が発射され、大男の頭が一瞬で黒焦げになった。そのまま巨躯は横倒しに、操縦席の上から球体空間の底へ落下した。

どささっ
「――はぁっ、はぁっ、く」

異臭をもろに浴び、また息が出来なくなる。

ストッ
「大丈夫か」

お腹の上に、柔らかいものが乗る。

猫だ。

球体の底にいたのが、跳び上がってきたのか。

「……来るのが、遅いわ」

わたしは目をこすりながら、肩で息をする。

「道が渋滞した。すまない」

猫はわたしのお腹の上で、後足で顎の下をカリカリと掻く（この辺りは本物の猫の動作だ。何物なんだ、こいつ……）。

おまけに冗談まで言うし――

「今の、どういうことなの」

「君の虹彩は、あの山中ですでに読み取ってあった。たった今、私が認証を上書きした。現在エクレール・ブルーの正規の操縦者は君だ」

「……？」

下を見やると。

倒れた黒焦げの大男の横の方に、パネルが一か所、蓋を開いている。内部の機構が覗いて、ワイヤーが何本か引き出されている。

「虹彩、認証……」

ピッ

シグナル音のようなものが聞こえ、視線を前に向けると。

全周モニターの正面に、何か文字が出た。

『前席搭乗者を正統なる操縦者と認める』

読める……。

仏語とほとんど変わらない。

ピピッ
文字が入れ替わる。

『エクレール・ブルー　起動準備よし』

『全関節　ロック』

これは。

(――――!)

前方を見やる。浮かぶ文字の向こうは、全周視界だ。すぐ手の届きそうな足の下に、祭壇が俯瞰出来る。

はっ、として左方向へ目をやる。建物の内壁三階の回廊は、わたしの座る操縦席と同じ高さだ。

ピッ
目を凝らそうとすると、モニターが反応した。視界のその部分だけがウインドーのように切り取られ、拡大される。

「え」

「このコマンドモジュールは、君の虹彩の動きをつねに追っている」猫がお腹の上で説明する。「君が拡大して欲しいと思う箇所は、自動的に拡大する」

「……」

そうなのか。

操縦者の目の動きに反応――F35のHMDのような働きか。

拡大されたウインドーには、パステルカラーのシルエットがいくつも。真ん中の黒髪の少女の背後にはまだあの半獣人――デシャンタル男爵がいる。こちらを見ている。

訝るような顔の動きだ。

（大男が、わたしを追って跳び込んで、一分間も出て来ないから……）

あそこへ〈腕〉を伸ばすには、どうする……？
右手でサイド・スティックを掴む。
しかし、反応はない。
ピッ
『全関節　ロック』
青色の文字が、正面で明滅する。
全関節、ロック……？
「騎士よ」

猫が言う。

「機体を動かすには全関節のロックを解除しろ。左の赤いレバーだ。引け」

「ロック解除?」

「そうだ」


これか。

操縦席の正面コンソールの左側。左にも肘掛けのようなスイッチパネルがあって、様々なレバーが生えている。その中に赤い縞模様の短いレバー。

すかさず手を伸ばす。

『ガク・チャウシン子爵』

天井スピーカーに音声が入る。

どこかと通信回線が通じているのか。

『チャウシン子爵、いかがなされたか。アヌーク姫の署名は』

「うるさいっ」

わたしはつぶやきながら掴んだレバーを引く。

ガコンッ

軽いショックとともに、機体全体が揺らいだ。

ピッ
『ロック解除』

途端に水面のボートのように、コマンドモジュールが微妙に揺らいで水平を保つ。

機体は大地に片膝をついた姿勢だ。

ピピピッ
またメッセージ。

『エクレール・ブルー起動　起つ騎士を称えよ』

同時に
ウォンウォンウォンウォンッ
足下で、機関の唸りが急速に高まる。

騎士を称えよ、という言葉は数回明滅すると消え、後は視界だけになる。

よし――行くぞ。

わたしは左方向の回廊から目を離さず、サンダルの両足を飛行機のラダーに似たペダルに突っ込むと、踏み込んだ。

（――立て）

ぐぐんっ

同時にスティックを左へこじる。

「あっちだっ」

その光景を外から見る者がいたとしたら。

飾りつけられた祭壇を前に片膝をつき、鎮座していた神像が、突如身じろぎして固定索を弾き跳ばし立ち上がる様子に、息を呑んだことだろう。

ブンッ
地面を蹴って立ち上がるなり、エクレール・ブルーは右足を踏み出し、中庭の中央に向きを変えながら立った。
ズンッ
ちょうどコマンドモジュールの真ん前が、回廊の三階だ。揺れ動く視界で、少女たちの顔がこちらを見る。驚いている。赤と金の兵たちに包囲されているのは同じだ。守護騎が突然に立ち上がって目の前に迫っても、その場所から動くことは出来ない。
ただ、異常を感じ取ったか。半獣人がわたしの方を見ると、何か気づいたように横を向き、駆け出す。視界の向かって右方向へ離れていく。
勘のいいやつ……！

「逃がすか」

右マニピュレータ。

人差し指をスティックの表面で滑らせ、前へ出すように動かすと、コマンドモジュールの右上で機体の右腕が自動的に拳を握り、半獣人の駆ける回廊の手すりを打撃した。

ドガガッ
震動。回廊の構造が飛び散り、灰色の煙を上げるがデシャンタルの姿は一瞬早く、獣のようにそこを駆け抜けていた。

「くそ、速い」

わたしはそれ以上追わず、人差し指を後ろに滑らせ、回廊へ突っ込ませた機体の右腕を引き抜く。パラパラッ、とまた煙が散る。

『チャウシン子爵、チャウシン子爵、何をされておられるか⁉』

どこかが通信回線で呼んで来るが、無視する（応答する方法も分からない）。

「腕の操作の基本はマスターしたか」

お腹の上に乗った形の猫が、感心したふうに言う。

「さすがだ」

「フライバイワイヤを扱っていれば、何とかなる。手探りだけど——」

わたしは狙いを変え、今度は手すりに並ぶ少女たちに向け、振り上げた右腕の拳を握らせる。

だが

「騎士よ、何をしている」猫は言う。「デシャンタルが搭乗する前に、あそこのアグゾロトルを破壊してしまえ」

「ちょっと待って。あの子たちを」

「ほうっておけ」

「そうは行かない、ほっといたらまた捕まるっ」

祭壇を、踏み潰してしまうんだった――！

この時になって後悔した。クワラスラミ卿――あの白面の鬼は、とうに安全な場所へ退避しただろう。やつは日付を決め、少女たちを食べる予定（このわたしも）だったという。踏み潰してやれば良かった……！

「くっ」

手すりに並ぶ少女たちは、自分たちの家のものだった守護騎が突然暴れ出し、回廊を拳で破壊したのですくみ上がっているのか。周囲で剣を突きつけていた兵たちは、わたしが機体に拳を握らせると、悲鳴の形に口を開けて我先に逃げ出した。

「外部スピーカーはないのっ」

わたしは猫に訊く。

「拡声器は。外へ声を出せる装置はっ⁉」

「君の命令なら、仕方ないが」

猫は正面計器パネルに伸び上がると、口で器用にスイッチの一つを操作した。

「暴徒鎮圧用拡声器だ。小指で統制桿を握りながら話すがよい」

「リンドベル」

回廊の上では黒髪の少女が、女の子たちを背中にかばうようにして後ずさる。

わたしはすかさず、右手の小指でスティックの根本付近を握るようにし、視界の正面に見える少女に呼びかけた。

「リンドベル、今、右手をそっちへやる。ハッチを開けるから乗り移りなさい」

少女の顔が、ぱっと明るくなる。

「騎士よ、ぐずぐずするとデシャンタル卿がアグゾロトルに駆け込むぞ」

「こっちを片づけたら、すぐやっつけてやる」

「第八ヌメラエントリをクワラスラミに渡さずに済んだ。君は螺旋の騎士としての使命を立派に果たしている。無駄な戦闘はせず脱出してもよい、しかしアグゾロトルが起動してしまえば、おいそれと逃げられぬ」

「うるさいわねっ」

今、少女たちを助けなければ、はぐれてしまう。

ここへ置いておいたら、あの白面の鬼にいずれ食われてしまうのだ。山中のキャンプでデシャンタルに食われたルイザみたいに……。

「ゆっくり、腕を出す。拳の上に乗るんだ、リンドベルが一番に。次に小さい子から」

手のひらを上に向けて開くにはどうするんだろう——今は分からない、猫に訊いて試す余裕もない。

わたしは人差し指をゆっくりと前へ出し、右腕の拳を回廊の手すりへ近づけた。

回廊の上で少女たちに剣を突きつけていた兵たちは、逃げ散ったか、姿が見えない。

（——）

慎重な指の操作で、拳を軽く手すりに当てて止め、機体の姿勢を維持しながらわたしは素早く周囲を見渡す。

中庭を埋めていた群衆は、エクレール・ブルーが暴れ出したので逃げ散ったのだろう。石畳の長方形の空間が、視界の右手に伸びるばかりだ。黒い潜水艦のような翔空艇の向こうに、赤黒いゴキブリ頭の機体が片膝をつく姿勢で止まっている。

目を凝らすと、ウインドーが切り取られ、拡大される。

「……！」

何か見える。

手前の翔空艇に半ば隠れているが――ゴキブリ頭の胸部コマンドモジュールとおぼしき辺りにハッチが開き、巻き取られるロープにつかまって黒い人影が上がっていく。

デシャンタルか。

（疾い、もうあんなところまで走った……⁉）

正面に目を戻す。

パステルカラーの少女たちが、わたしの差し出した右腕の拳の甲の上に、しがみつくようにして乗ったところだ。さっと目で人数を数え、全員いることを確かめると、ゆっくり人差し指を操作する。

右マニピュレータを、機体の胸の前へ――

「ゆっくりだ、振りおとしたらまずい」

自分に言い聞かせる。

「騎士よ、乗せるのか」

「スペースはあるわ」

わたしは右マニピュレータの拳をハッチのすぐ前まで引き寄せると、赤い円型のボタンを叩いて、エントリー・ハッチを開いた。
プシュッ
同時に
『エクレール・ブルーに搭乗する者』
天井で、通信の声が言う。
向こうの担当者が替わったか。しわがれた、あの女医の声だ。
『そなたは何者か』

10

『そなたは何者か』

通信の相手は問いかけてきたが。

天井からの声は無視し、わたしは開いた楕円形のハッチ開口部に取りつくと、上半身を乗り出した。

風が吹いている。

エクレール・ブルーの右の拳は、ハッチと同じ高さで機体胸部のすぐ前にある。

「リンドベル」

叫んだ。

「みんなを乗り移らせなさい、早くっ」

叫びながら手を伸ばす。

髪を風圧になびかせながら、リンドベルはうなずき、小柄な子から押し出して寄越す。それをわたしは両手で受け、ハッチの中へ引き入れる。

「早く、急げっ」

大きい子たちは手伝う必要はない。

わたしは操縦席へ戻る。

「座席の下へ、入っていなさい」

球形空間の底には、頭を黒焦げにした大男が転がっているのだが。怖がらせてもやむを得ない、次々に飛び降りるように促す。

「騎士よ、急げ」

猫が言う。

「アグゾロトルが起動する」

『まさかアヌーク姫。そなたが〈螺旋の騎士〉だと申すか』

「全員、乗ったかっ」

「リンドベル姉様が最後です」

「早く来い、リンドベル」

わたしは叫んだ。

「跳び移れっ」


『アヌーク姫』

外部拡声器で怒鳴ったから、わたしが操縦していると知れたのだろう。女医の苛立った声。

『どのようにして機体を——ええいっ』

『次席医官、私に任せよ』

別の声が割り込む。

聞きたくもない、低い声だ。

同時に、頭の上のハッチ開口部から跳び込んできた黒髪の少女を受け止める。

「ひ、姫様っ」

「後席に座り——」

「騎士よ、来るぞっ」

猫の声が重なる。

わたしがハッ、として右上を仰ぎ、反射的にサイド・スティック（猫は『統制桿』と呼んだ）を掴んで引くのと、頭上から振り下ろされた輝く長剣が目の前の空間を断ち切るのはほとんど同時だった。

ドグワッ

瞬間的にステップバックした機体のコマンドモジュールの底で、きゃぁあああっ、と娘たちが悲鳴を上げる。

目の前が一瞬、真っ茶色に。

大地が震える。統制桿を前へ押し、踏みとどまらせる。後ろへ行き過ぎれば壁に突っ込む。そうしたら剣が抜けない……！

「姫様っ」

リンドベルが、後ろで叫ぶ。後席のシートに、かろうじてつかまっているようだ。

「そこに座れっ」

わたしは言いながら、右手で素早く探す。剣のマークのついたレバー——これだっ。

シュラッ

剣を掴み出させるレバーを引き、右マニピュレータが自動シークエンスで背中から長剣を引き抜くのと、土煙の上へ跳躍したアグゾロトルが第二撃の剣を振り下ろしてくるのがまた同時だ。

ガキィイインッ
受けた。刃がかち合い、後ろ向きに弾かれる……！

「く、くそっ」

倒れる――いやこらえる。でも踏みとどまれない、止まらない――！

ドシィインッ
次の瞬間、背中を何かにぶつけたような衝撃。後ろ向きに、壁にぶち当たったか。

「うぐ」

シートに叩きつけられる。

ぶわっ
ハッチが開いたままだ、衝撃波がもろに顔を襲う。

きゃぁああっ、と少女たちの悲鳴。

「くっ」

わたしは統制桿で機体を無理やり横移動させようとしながら、前方から目を離さず、赤いボタンを叩いてハッチを閉じた。途端に天井で『侵入者アリ』と機械音声が告げるが、「全員、搭乗を許可！」と怒鳴るとすぐに黙る。

「騎士よ、来るぞっ」

「くっ……！」

後ろへは下がれない、駄目だ機体背部が建物の壁にめりこみ、横へも動けない
……！

「騎士よ、跳ぶのだ」

「――そうかっ」

操作を思い出す。

左手だ。推力レバーのようなやつ。掴んで思い切り前へ出し、両足を踏み込み、統制桿を前へ倒す。両足を蹴る。

「跳べっ」

ぶんっ
全周視界が下向きに吹っ飛び、斜め頭上から剣を振り下ろしながら襲いかかるゴキブリ頭――アグゾロトルの胸部が目の前にうわっ、と迫る。

ぶつかる……！

ドシィンッ
剣が振り下ろされる直前、エクレール・ブルーはゴキブリ頭の顎の下へもろに体当

たりを食わせ、宙へ押し返した。

二機は絡み合って、空中を吹っ飛び、放物線を描いて落下した。

全周視界は不規則に回転したが、わたしには不思議と、姿勢がわかる。

（そうか）

Ｆ15でデパーチャーしかけた時と、同じだ――

中庭を囲む構造物を、跳び越えたのが分かった。世界は回転し、逆さまになった大地が頭の上から迫る。

「みんな、つかまれっ」

どう操作したのか分からない、本能的にそうしていた。右脚でペダルを蹴るとエクレール・ブルーも宙で右脚を蹴り出し、絡まったアグゾロトルを蹴り跳ばした。その反動で迫る大地の角度が変わり、横向きの姿勢で地面に叩きつけられた。

グワシャンッ

娘たちの悲鳴が響く。

わたしもハーネスをしていなかった。座席から放り出されないよう、統制桿と左手の推力レバーを掴んでいるのがやっとだ……！

「うぅっ、くそ」

反射的に、足を踏み、統制桿を引いてヒト型の機体を大地に立たせる。

ぐううっ、と視点が高くなり、天安門広場の石畳が足の下に沈む。

ほとんど同時に、間合い二〇〇メートルの位置にアグゾロトルが機体を起こす。

『ふはははは』

哄笑が天井から響く。

『偽のアヌーク姫。きさま何者かと思っていたが、まさか〈螺旋の騎士〉だとは』

「はぁ、はぁ」

わたしは、白い霧の中、二〇〇メートル向こうにどうにか視認できるゴキブリ頭を睨み、機体を正対させながら右マニピュレータに剣を構えさせる。

「はぁっ、はぁっ」

どうする。

向こうも構えている。

離脱しようにも、これでは逃げられない。背中を見せたら次の瞬間、やられる……。

（……くそっ）

戦って、あれを倒すしかないか。

『きさまたちは、征服府の〈螺旋狩り〉で死に絶えたと思っていたが。そうか生き残りがいたか』

「はぁ、はぁ」

『〈螺旋の騎士〉と手合せ出来るとは、光栄の極み――もっともその腕で、私に勝てるとは思えんがね。ふははっ』

「ノワール」

わたしはお腹の上に乗ったままの猫に訊く。

「発射のトリガーは、どこ」

「何のだ」

「キャノンよ」

「電磁砲か。それなら統制桿の頭を親指で弾け」

「?」

言われたとおり、右の親指で統制桿のトップ部分を弾くようにすると。

ぱくっ、と蓋が開く。中には赤いボタン。

(これかっ……)

うなずくわたしの頭の上から、哄笑が響く。

『ふはは、それでは、勝負をつけるとしようか。偽アヌーク姫――いや古《いにしえ》の残滓たる〈螺旋の騎士〉。覚悟』

声と同時に、アグゾロトルが地を蹴る。

わたしは左の推力レバーの横の表面を、親指で探る。兵装選択のボタンがある。前へ。

カチッ

ピッ

緑の二重円環が、正面視界に。同時に左肩の上で機械音がして、砲身が露出する。

どんな武器なのか分からない、しかし剣で斬り合う前に攻撃するにはこれしかない

――だが

『ふははははっ』

哄笑は響く。

『剣でかなわぬから飛び道具か。実力をわきまえた選択だが、私の動きが追えるかね』

声と同時に、フッとゴキブリの機影が消える。いや消えたのではない、疾い動きで右へサイドステップした。目で追い切れないくらい疾い、これでは照準は無理だが、向こうも砲は使えない。

不規則なジグザグ運動で、左右へ跳んだと思うと頭上へ。

（左へ跳んだ——来る）

「……！」

読め。

動きを読め、空中戦と同じ見越し射撃、一回勝負だ……！

「——そこかっ」

わたしは統制桿で機体を左へ振ると、のけぞらせた。何も無い斜め頭上の宙を目がけ、右の親指で発射トリガーを押し込んだ。

ヴォオオオッ
途端に、二〇ミリバルカン砲のような唸りが機体を震わせ、真っ赤な閃光が迸った。

閃光が貫く宙の一点へ、後からアグゾロトルの機体が跳び上がってきて会合した。

命中。

「うわ」

爆発の閃光と衝撃波が、わたしをシートの背に叩きつけ、エクレール・ブルーの機体をさらにのけぞらせた。

統制桿を前。踏みとどまれ……！

後で知ったことだが。その時わたしの発射した兵装は回転式二〇ミリヤール電磁砲（レールガンの一種らしい）で、命中すれば一発で翔空艦の装甲にも大穴が空く。

それが十数発、ゴキブリ頭の機体前面に至近距離からまともに突き刺さった。


大爆発の火焔が吹き払われた後。

赤黒いゴキブリ頭の姿は、もうどこにも無かった。

一瞬で、跡形も無く消し飛んだのだ。

あの半獣人と共に――

「はぁっ、はぁっ」

本当に、どこにもいないか……？

それでも数秒間、わたしは油断なく周囲を目で探っていた。

爆風でいったんは吹き払われたが、広大な天安門広場は再び白い霧に包まれ始める。

赤黒い機体の破片が一つ、かろうじて石畳の上に転がって残っていた。

それを見つけて、わたしは息をつく。

「――航空自衛隊のパイロットを、なめるな」

つぶやきながら額の汗をぬぐった。

「これでも、空戦訓練《ACM》で飛行教導隊を墜としたことがあるんだ」

「いい腕だ、騎士よ」

猫が言う。

恐怖に類するものは感じないのだろう、冷静な声だ。


「ノワール」

わたしは、わたしのお腹の上にちょこんと乗っている黒猫に、問うた。

「あなた、ノワールというのね」

「そうだ。私はノワール・ドゥ。エール・アンブラッゼ二号機の有機体プローブだ」

「何だかよく分からないけど」

わたしは外を見回しながら訊く。

霧でよく見えないが、天安門広場の外側を囲むように戦車もいた。

面倒は、ごめんだ。

「この機体は、空も飛べるのね。飛び方を教えて」

「よいが、どこへ向かう」

「取り合えず急いで、南へ飛ぶわ」


「姫様」

後席から、呼吸を整えながらリンドベルが訊いてきた。

「ここから、脱出するのですか」

「そうよ。帰るの」

わたしはうなずく。

「みんなで帰る」

「でも。もう、第八ヌメラエントリも、領地もお城もありません」

「心配ない」

わたしは振り向いて、南とおぼしき方角を仰いだ。

「心配ないわ」

参考文献
〈護樹騎士団物語〉夏見正隆（水月郁見）著
徳間書店よりキンドル版他にて
二〇一四年十二月初旬より順次配信中

本作品は当文庫のための書き下ろしです。
なお本作品はフィクションであり、実在の個人・団体などとは一切関係がありません。

文芸社文庫

ライトニングの女騎士
新・護樹騎士団物語Ⅱ

二〇一五年四月十五日　初版第一刷発行

著　者　夏見正隆
発行者　瓜谷綱延
発行所　株式会社　文芸社
〒一六〇－〇〇二二
東京都新宿区新宿一－一〇－一
電話　〇三－五三六九－三〇六〇（編集）
〇三－五三六九－二二九九（販売）
印刷所　図書印刷株式会社
装幀者　三村淳

ISBN978-4-286-16414-4